家裡蹲吸血姬的鬱悶
8
Hikikomari the Vampire Countess no Monmon
© riichu

姆爾納特帝國 七紅天
黛拉可瑪莉・崗德森布萊德
「俱樂部」成立!!
可瑪莉的女僕
薇兒海絲

阿爾卡共和國 總統
納莉亞・克寧格姆
傭兵團「可瑪莉
姆爾納特帝國 第七部隊
艾絲蒂爾・克雷爾
© riichu

「薇兒海絲……
這名字……好棒呢……」

「咦……？」
© riichu

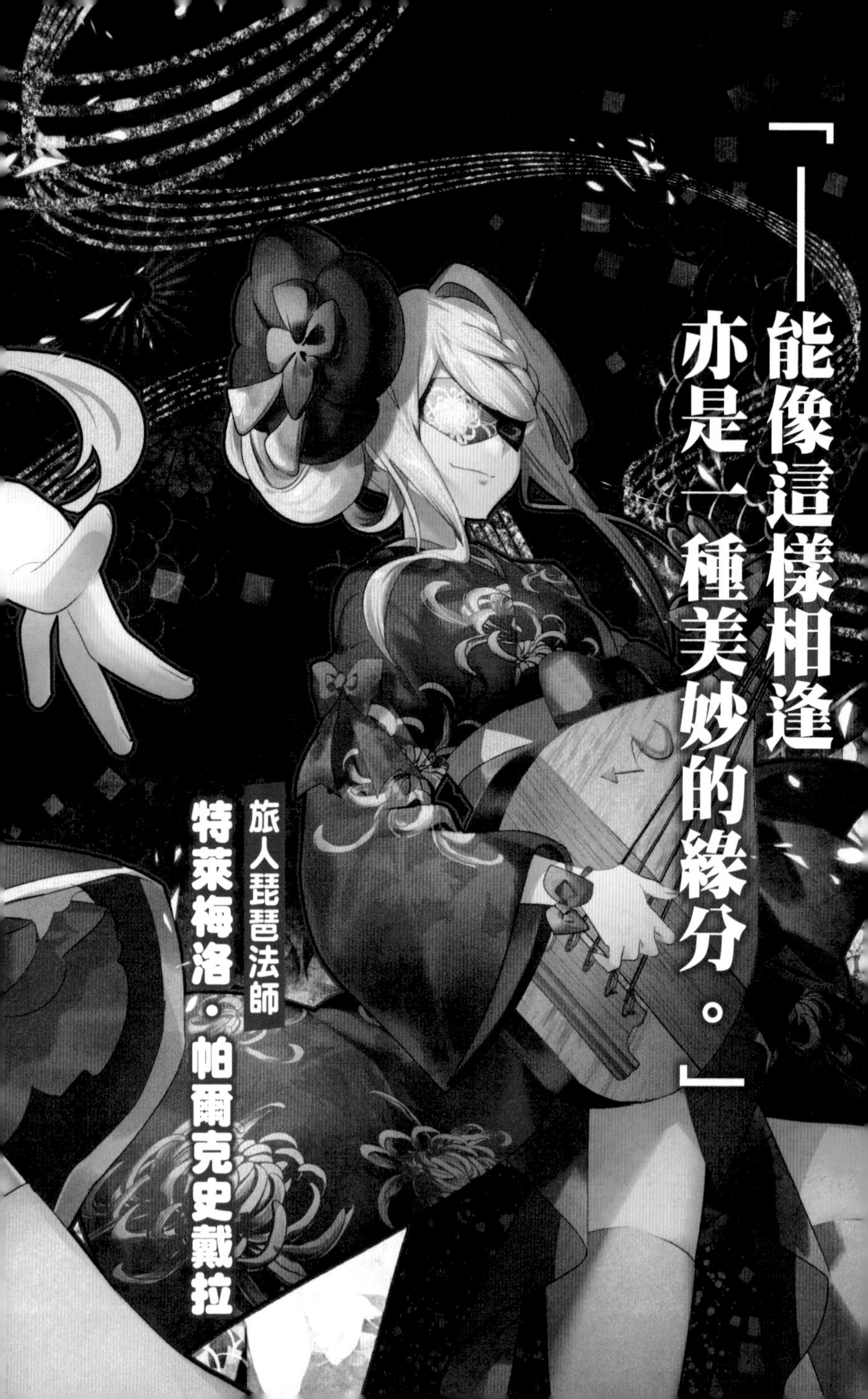
「──能像這樣相逢
亦是一種美妙的緣分。」
旅人琵琶法師
特萊梅洛・帕爾克史戴拉

琵琶法師奏出的音色
那聲響將招致戰亂——
© riichu

吸

Hikikomari
the Vampire Countess

吸血姬的鬱悶
小林湖底
illust：りいちゅ
家裡蹲
Hikikomari the Vampire Countess no Monmon
8

【0】序章

Hikikomari the Vampire Countess no Monmon

在夭仙鄉那場騷動發生的不久之前，那天是三月十二日，發生了一件事情。

在姆爾納特宮殿的「血祭之廳」裡頭，跟那駭人聽聞的大廳名字有很大的出入，裡面的裝潢算是很奢華。

有色彩斑斕的魔力燈。還有在看來高雅的桌巾上，正擺放了幾道佳餚。

大廳正面擺放寫著「Happy Birthday!!」的看板——

「——這面看板是之前幫可瑪莉大小姐慶生用過的那個吧。」

「咦!?啊……真的耶!?妳是不是不喜歡……?」

「也不是不喜歡，只是心情上有點複雜。明明就沒必要弄得那麼豪華……」

就像字面上說的那樣，薇兒坐在壽星該坐的位置上，看似難為情地扭動身軀。

沒錯，三月十二日這天就是我家那個變態女僕薇兒海絲的生日。

當作是上個月那件事的回禮，我們決定替她舉辦生日派對。

原本是想要給她一個驚喜，我們暗中做準備，可是過分敏銳的薇兒卻好像以秒為單位察覺我的企圖。在生日即將到來的一個星期前，那傢伙就大吵大鬧說「生日禮物可以送我可瑪莉大小姐本體就好」。

可是等到了慶生宴當天一看，她卻又顯得不自在，宛如借來的貓。

就算大家跟她說「生日快樂」，她也只是愛理不理地點頭回禮，嘴上說聲「謝謝」了事。

就連第七部隊成員在那做街頭表演，上演切腹秀，她也只是面無表情地「啪啪啪」拍手。

的確，這傢伙平常一直都是個冷酷的女僕。

可是我這個被害者長年遭受她死纏爛打，如今對於她的細微變化，全都已經瞭若指掌了。

「妳怎麼啦，薇兒。昨天明明還很興奮，說『我很期待生日那天到來』。」

「我原本以為會跟可瑪莉大小姐一同度過只有我們兩人的慶生會。卻沒想到實際上辦得那麼盛大，還找來那麼多人……」

「那我們這個驚喜就算是做得很成功啦！大家都在替薇兒慶祝喔。」

「關於這點……我是很感謝大家……但是……」

薇兒變得好像一隻鴿子，轉頭左顧右盼，放眼環顧四周。

©riichu

她那種動作就好像在找某個人。

「妳怎麼了？如果是要找跟妳感情融洽的蘿蘿，她在那邊吃蛋糕喔。」

「我不是為了這個——是我覺得心中不踏實。對於一介女僕來說，這份榮幸實在令人不敢當。我只要四處撫摸可瑪莉大小姐的身體，跟您互相吸食血液，這樣就很滿足了。」

「若是妳真的那麼做，我會考慮採取法律措施喔。」

這個時候我忽然發現一件事。那就是薇兒的臉頰有點紅紅的。

難道說，這傢伙——

「妳是不是在害羞？因為有太多人在替妳慶生。」

「…………我身上不存在羞恥這種情感。可瑪莉大小姐也很清楚吧。」

薇兒假裝散發冷酷的氣息，拿著杯子喝了起來。

可是每當第七部隊那幫人鬼吼鬼叫嚷嚷「生日快樂！」「生日快樂！」「生日快樂啊！」，她的耳朵就會越變越紅。

想來應該是這個女僕少女還不習慣自己成為某件事情的中心人物吧。

懂了懂了。這點還真是有趣呢。

「……這是什麼表情，可瑪莉大小姐。在我的資料庫裡面，您可是不會露出這麼奸詐的笑容。」

「沒什麼啊～？生日快樂，薇兒。難得有這個機會，若是妳願意放鬆享受一下，我會很高興喔。來吧來吧，快點吃吃看我很推薦的蛋包飯。」

「明明是可瑪莉大小姐，這次卻很猖狂呢。若是您願意用嘴巴餵我吃，我是可以考慮考慮。」

「我才不會做那種事。」

「那麼請您用湯匙餵我吃，否則我沒辦法對這場生日派對樂在其中。」

這傢伙在說什麼？她還是小寶寶喔？

「——這樣不行的，薇兒海絲小姐。就算是生日，強迫可瑪莉小姐還是不太好。」

這個時候有人自一旁現身，她就是銀白色的超級美少女——佐久奈・梅墨瓦。在這場派對中，除了第七部隊成員，我們還招待許多的外部人士。

「剛才我有送禮物給薇兒海絲小姐了，請妳拿那個湊合一下吧。」

「佐久奈妳送她什麼啊？」

「我送她『Q彈柔軟靠枕』。這個頗受好評，聽說光坐在上頭就能去除疲勞喔。」

那是什麼，我也想要一個。最近我一直被人強迫勞動，是非常沒人性的那種，害我的疲勞度不斷累積。

薇兒接著看似不滿地低喃一句：「那好吧。」

「收到梅墨瓦大人送的禮物，說真的我非常開心，就讓我心不甘情不願跟您鄭重道謝吧——可是那個跟現在說的這件事是兩碼事。」

「為什麼啊。有那個Q彈柔軟靠枕就該滿足啦。」

「我還是希望可瑪莉大小姐能夠施捨一下。請您餵我吃東西，啊——」

薇兒未經同意就靠了過來。

這個女僕真是讓人傻眼——雖然這麼想，我還是隱約察覺到了。這傢伙若是不散發平常會有的變態氣息，她就會亂了陣腳吧。換句話說，現在這些行為都是為了用來掩飾害羞。

好吧，那我就稍微關照一下好了。

我沒有再繼續堅持，而是用湯匙撈起蛋包飯。

薇兒很像一直在等著餵食的雛鳥，我將那口蛋包飯拿到她的嘴邊——

她張嘴一口咬下。

「——哈囉薇兒，生日快樂啊。」

當下我聽見一道陌生的男性嗓音。

就在那瞬間——薇兒嘴裡發出「噗呼!?」聲，口中的蛋包飯通通噴出來了，黏到我的衣服上。

「哇啊啊啊啊!?妳怎麼啦!?」

「咳咳、咳咳……祖父大人……您怎麼會在這裡……!?」

「祖父大人?」

薇兒這時正用驚訝不已的目光望向我背後。

我轉頭看過去，那裡站了一位身高很高的老人，這個人我以前都沒看過。老人西裝筆挺，還戴著大禮帽，看上去頗有紳士風範。嘴邊帶著一抹微笑。

「初次見面，崗德森布萊德將軍。薇兒平常總是受您關照。」

「咦?那你不就是……」

「我是克羅威斯・德托雷茲，也是薇兒海絲的祖父——她的家人。」

「您怎麼會出現在這!」

薇兒的臉變得紅通通的，飛奔到我前方。

我驚訝到眼珠子都快掉出來了。

都是因為變態女僕臉上的表情很不像變態女僕會有的。

「我明明跟您說過，請您絕對不要來我工作的地點!您都已經退休不當七紅天了，悠悠閒閒待在家裡養老不是很好嗎!?」

「今天有慶生宴，我當然要來。不過……原來如此，妳平常都是穿這樣啊。這身女僕姿態還真是有模有樣呢。」

「什麼……笨蛋……您這個……」

那個女僕開始發出意味不明的呻吟聲，整個人都定住了。

不對，妳是哪位？這種表情才不是我資料庫裡會有的吧。

薇兒這下眼裡都出現淚水了，還呈現跪姿挪到我身邊，對我說著：「可瑪莉大小姐。」

「……您是怎麼想的？為什麼祖父大人會出現在這裡？」

「因為我覺得邀請他過來可能會更好。雖然我跟他是第一次見面，但是他看起來人很和善呢。」

「您還真敢做啊，可瑪莉大小姐。我要對您採取猛烈的抗議。今天晚上要入侵可瑪莉大小姐的睡床，將您全身上下毫無遺漏搓揉一遍。」

「為什麼啊!?小心我跟妳祖父告狀喔!?」

「!?」

這下薇兒又變得跟化石一樣，動作瞬間停擺。

她臉上的表情變得很絕望。嘴唇在發抖，從唇瓣縫隙間冒出懇切的請求。

「關於這點……若是您願意高抬貴手，那就算幫我個忙了……」

「我才不會高抬貴手。若是被妳揉來揉去，我會癢到睡不著覺。」

「跟您說一下。我平常做那種事情，都是背著祖父大人做的。」

「？這是什麼意思啊？」

「意思就是……我做那些不檢點的行為，都是瞞著祖父大人做的……」

原來妳有自覺，知道自己做那些行為很不檢點喔。

這些姑且不論，我看她做的好事肯定早就穿幫了吧。像是在新聞上，早就有謠言指出薇兒常做些色狼行為。

但我看她當著家人的面，若是暴露出自己有變態的一面，應該會覺得很可恥吧。感覺她和比特莉娜算是同病相憐……嗯，原來這個女僕也具備正常的感性，我好驚訝。

……不對，先等等？

這樣不就等同握有薇兒的弱點了？

「哈、哈、哈。看樣子薇兒都有好好在工作，這下我就放心了。」

「不需要您擔心，我已經是能夠獨當一面的吸血鬼了。」

「說得也是，薇兒都已經十六歲了……話說回來，妳也長大了呢。不久之前都還是無法獨自一人入睡的膽小女孩。一來到打雷的日子，甚至還會抱著我不敢放手，真的很讓人頭疼呢。」

「請您不要提起往事！這樣很像糟老頭子。」

「這也沒什麼不好啊？畢竟今天可是非常值得慶祝的日子。」

克羅威斯說完就伸手摸摸薇兒的頭。

而這下子薇兒似乎進入完全沸騰的狀態了。她的臉變得更紅，嘴裡說了一聲：

「我去上洗手間」，之後就像一陣風似地離去。

在我們旁邊的佐久奈愣愣地張著嘴。

我的腦袋處理速度也跟不上。

要展現令人意外的一面也不用展現成這樣吧……若是當著我的面，她絕對不會露出那樣的表情。

「不好意思啊，將軍。其實那孩子從小就很容易害羞。」

此時克羅威斯用沉穩的語氣補了這句話。

……很容易害羞？在說那個女僕嗎？這是在說哪個世界的事情？

「但幸好她在第七部隊這邊似乎混得不錯。在將軍看來，不曉得那孩子給妳怎樣的感覺？希望她沒有給妳添麻煩。」

「薇兒一直都很賣力工作。若是沒有她，我早就已經死好幾次了吧。」

「是嗎是嗎？甚好甚好。」

老人眼中出現溫和的光芒。看來他是打從心底在擔心自己的孫女。

我覺得自己好像有點羨慕他們呢。

因為崗德森布萊德家族很少有機會齊聚一堂。

「那孩子能夠與將軍相識，真是太好了。畢竟她從前在學院也遇到不少事情，若是沒有妳伸出援手，我看薇兒她會撐不下去吧。」

「一天到晚受她幫助的人是我才對，所以我很感謝她。」

「妳好誠實。這樣才配當一統天下的大將軍——接下來薇兒也要拜託妳多關照了。對那孩子來說，過去不重要，未來才是她的寄託。」

「未來？這是什麼意思？」

克羅威斯這時驚訝地眨眨眼睛，嘴裡說了聲「哎呀？」

「那孩子都沒跟妳說嗎？那就請妳裝作沒聽見吧。」

「怎麼這樣……會讓人很在意耶。她該不會又瞞著我做什麼變態的事情吧。」

「變態？」

「啊，沒事、沒什麼！薇兒是很清純可人的女僕喔！」

我看再也找不到其他比她更不適合「清純可人」這個字眼的吸血鬼了吧。

可是薇兒想要維持外在形象的心情，我非常能夠體會。就連我當著妹妹的面，都難免擺出「數學習題？我用小拇指就能做好啦，那有什麼嗎？」這種態度。我看這次還是幫忙那傢伙遮掩一下好了——我原本是這樣想的。

「哈、哈、哈，薇兒是真的很喜歡將軍。幸好妳目前還願意寬宏大量包容她。假如她真的給妳添麻煩，我會好好罵她的。」

「…………」

我說薇兒……全都穿幫了耶……？這樣沒問題嗎……？

應該也沒關係吧。反正這檔事與我無關。

事情就是這樣，我跟薇兒的祖父克羅威斯結束了第一次的會面。

雖然這樣的事態發展從各方面來說都很有衝擊性……但總而言之，我就像他說的那樣，跟薇兒好好相處吧。到頭來我為了當好這個將軍，身邊還是不能少了她。

然而我卻對某件事莫名耿耿於懷。

「未來才是寄託而不是過去」——克羅威斯剛才說了別具深意的話，並在我的腦海中揮之不去。

不過去想那些也沒用吧？晚點再跟薇兒確認一下好了。

就像這個樣子，我選擇樂觀看待，同時吃起蛋包飯。

☆

「——我的目的是破壞魔核，打開通往常世的門扉。讓這個世界上的家裡蹲都能夠到外面去！」

冬季。在姆爾納特帝國的騷動平息後，又有其他事發生。

「弒神之惡」眼下說這話的調調就很像孩子在炫耀自己的惡作劇計畫。

因為先前發生的那次「吸血動亂」，導致逆月陷入毀壞狀態。有些成員被人抓起來當俘虜，還被逼問出基地的所在處，遭到各國軍隊嚴密調查。

如今逆月這邊的倖存者就只有六個人。

那就是絲畢卡、芙亞歐、特利瓦、柯尼沃斯、天津，再來就是一名侍從。

其他的所有成員都遭到公家機關逮捕，或是逃亡且行蹤不明，不然就是作戰後死於非命，下場不外乎是這些。

「六國中的人全都太無知了。」

坐在上位的絲畢卡用大義凜然的語調如此呢喃。

「他們只滿足於接受眼睛裡看見的世界。就好比是井底之蛙不會知道海有多遼闊，過完一個夏天就結束一生的蟲子會對冰雪的美麗感到訝異，只想為眼前那轉瞬而過的日常樂在其中，卻不願意往前進。雖然這樣才像人，有可愛之處，但不覺得這樣有點悲哀嗎？」

「妳這樣算是在跟我們說話？」

這時特利瓦趕緊出面斥責：「芙亞歐！」

芙亞歐不懂對方斥責自己的理由是什麼。就連一旁的天津也一樣，表面上好像在聽，實際上卻當耳邊風，至於那個柯尼沃斯，她更是放張稿紙在桌子上，疑似在寫些東西。有認真在聽公主大人亂講話的人，就只有特利瓦一個人吧。

「——說穿了，其實是我希望讓各位知曉事情的來龍去脈。那麼做也是為了往後著想。」

「那逆月的目的到底是什麼？」

「我們要破壞魔核！從一開始就一直主張要這樣啊。」

將紅色的糖果含在嘴巴裡，絲畢卡笑了出來。

「不過妳知道魔核是什麼樣的東西嗎？柯尼沃斯。」

「咦？我想想喔……一般來說應該都是『能夠為各個種族無限供應魔力的特殊神具』。」

「那只是表面上的性質！說到這個魔核，早在很久之前——距離我出生還要往前回推一大段時間，當時眾神創造出這樣的古代遺產！那種究極物質能夠回應他人的請求，不管是什麼樣的願望都能實現。甚至還有人主張這個世界都是魔核創造出來的。」

手裡捏著盤子上的炸油豆皮，芙亞歐心裡浮現一個念頭。

換句話說，那是很貴重又擁有強大效能的寶貝？

「原先魔核是『閃閃發亮像行星一樣的球體』。但是魔核回應人們的願望，形狀上才會發生變化。而現代魔核所具備的機能，足以用來構成國家基礎。都是因為六百年前一群蠢蛋那樣設定的。因此魔核就依循他們的意志遭到利用，成了像如今這種無限恢復道具。回顧那些史書，上面曾經記載那幫蠢蛋『對著魔核灌注嚮往和平的心願』，但實際上卻不是那樣——那幫人並不是在追求和平，而是想要封鎖通往常世的門扉。」

芙亞歐越聽越懶得去消化絲畢卡說的那些話。這種有點艱澀的大道理正好不是她擅長吸收的。

然而就只有特利瓦一頭熱地聽取那些資訊。

「常世……是我曾經跟黛拉可瑪莉・崗德森布萊德對戰過的那個異界嗎？」

「你說對了，特利瓦。那個世界的月齡跟這裡正好相反——六百年前，每個國家都有能夠通往常世的『門扉』。可是遠古時代的那些蠢蛋卻對魔核許願，說他們『想要封印門扉』。所以有許多人長久以來都忘了常世的存在。」

芙亞歐這才想起之前在姆爾納特宮殿發生過的一些事情。

當黛拉可瑪莉脖子上的項鍊出現裂痕，當下就有一道光芒擴散出來，據說還因此將人帶向異界。那代表魔核出現破損後，針對門扉做出的封印也會因此鬆動吧。

「簡單講，目前魔核的功用就是『封印門扉』。將魔力分給人們，擁有無限恢復的機能，這都只是附帶效果。但這背後自有一套道理，也有某種背景支持，不過呢——那些事用不著現在說，就先保留吧。」

腦袋瓜快轉不過來了——有了這份自覺，某種機制跟著啟動。

滋嗡。「表面上的她」已經放棄思考，於是「底下」的她便接著浮上表層。

「——那就是說！只要破壞魔核，我們就能夠跟常世往來了!?」

「沒錯！我想要完成的心願就是這個！」

「那麼到了常世，妳想做什麼？公主大人。」

天津在問這話的時候，雙手交疊放在胸前。芙亞歐的狐狸耳朵都豎起來了，進入警戒狀態。那是因為平日裡特利瓦老是將一句話掛在嘴邊——「那個和魂種有可能背叛」。

「常世是個烏托邦，所有的家裡蹲都應該到那個世界過和平的生活。」

「這樣太抽象了。若是不做具體說明，芙亞歐無法理解。」

「天津先生？說這種話是在挑釁我嗎？」

絲畢卡在那時笑著說了一句：「你們別吵架嘛。」

「這個世界——我們就暫時把它稱作『現世』好了，不覺得現世充滿苦痛嗎？強者能夠唯我獨尊呼風喚雨，弱者卻像路邊的花，任人踐踏凋零。去年的六國大戰就是很好的例子。所以我要把具備相應素質的人——也就是那些『家裡蹲』聚集起來，帶他們移居常世。然後我要打造出沒有紛爭的烏托邦。」

「原來如此。也就是說魔核會構成計畫的阻礙？」

芙亞歐在觀察天津的表情。

從他臉上看不見對新事實感到驚訝的反應。

「通往常世的門扉共有六道。封印這六個門扉的魔核也有六個。此外魔核是以這個門扉為中心，讓效果範圍向外遍布大地，所以魔核本身若是移動起來，效果範圍也不會偏移。」

「那門扉都在那些國家的中心點嗎？」

「沒錯沒錯。拿姆爾納特來說，門扉就在帝都的宮殿，如果是阿爾卡，那就會在首都的舊皇宮裡。雖然在這個世界上，除了那六道門，還有其他的門扉，但那些都只要靠雷電或風暴就能強行撬開。過沒多久就會消失，沒辦法永遠運用這些門。」

「可是妳曾經將姆爾納特的皇帝隔離在常世不是嗎？那是用什麼樣的方法辦到的？」

「之前發動奇襲的時候，不是在下雪嗎？剛好那個時候門扉打開，我才把她推進去。」

這次換柯尼沃斯嘴裡發出一聲「唔嗯」，一臉感興趣的樣子，將交疊的雙手放到胸前。

「那代表每破壞一個魔核，就會打開一扇門是嗎？我還真想研究一下。」

「可是只破壞一個是行不通的。哪怕只是多留一個魔核，必定還是會有人拿去做壞事。尤其是那些星星的爪牙……」

「星星？」

「……沒什麼。」

絲畢卡說完語重心長地瞇起眼睛。

天津則是面無表情地開口，說了聲「公主大人——」。

「妳也差不多該說結論了。若是協助妳，對我們有什麼好處？」

「呵呵呵——你用這種視角來看事情就不對了，天津。這樣的野心，不是能夠用損益尺度來衡量的。這是一個關於愛的故事啊。」

這個人又在說莫名其妙的話了——除了特利瓦，其他所有人聽完都呆掉。

「總有一天你們會明白的。就是因為你們具備相應的素質，能夠與我的思想產生共鳴，你們才會成為『朔月』。總而言之，逆月真正的目的是『破壞魔核並在常世打造烏托邦』。我今天想說的就只有這些！——接下來，我們來吃晚餐吧。」

絲畢卡的話說到這邊就打住了。芙亞歐在那時慌慌張張地站了起來。

「公主大人！我現在的心情就好像胸口中還留有一塊疙瘩。既然都說到這了，希望妳現在可以針對常世再多說明一些。」

「若是澆太多水，花可是會枯萎的。」

又來了。絲畢卡不願意隨隨便便透露相關資訊，芙亞歐心想她這種老毛病，不也是導致逆月瓦解的原因之一嗎？

可是她還是什麼都別說好了。要假裝自己是諂媚又順從的臣子，那才是能夠長治久安保命的祕訣。

芙亞歐又坐回椅子上，臉上浮現笑容。

「——事情原委都聽明白了！我還是靠自己的腦袋瓜思考一下吧。」

「我可以給妳提示。」

手裡拿著糖果搖搖晃晃，絲畢卡開始透露些訊息。

「或許妳可以去拉貝利克王國的故鄉看看。那樣一來，妳可能就會對這個世界的謎團有點概念囉？只是我對妳的故鄉不熟！再拜託妳帶伴手禮啦！」

芙亞歐．梅特歐萊德的故鄉位在拉貝利克王國邊境。

那是一個清寒的村落，頭頂上還有座位在國家邊境的山脈，這些狐狸族的獸人即便貧困，還是過著如同牧歌中描寫的生活。這個地方的正確地名叫做「魯那魯村」。

可是這個村莊已經不存在了。

好幾年前，那是將要舉辦慶典向豐收之神祈求的前一天。

直到中午時分，全村的人都還熱熱鬧鬧做準備。芙亞歐還記得她當時正跟家人一起捏要拿來當成貢品的糕餅。

可是卻有個吸血鬼突如其來現身，將這一切全都毀掉。

她就是七紅天尤琳・崗德森布萊德。

那個人放的火轉眼間將整座村子吞噬。村裡人將年紀還小的芙亞歐藏到倉庫裡，她躲在祭祀儀式要用的酒桶後方，耳邊聽著村莊被燒所發出的聲響。最後太陽終於下山了，這時她變得只能聽見鳥叫聲。

從倉庫出來的芙亞歐，迎接她的是——被破壞殆盡的故鄉風貌。

田都被燒掉了。他們住的房子也變成焦炭。這些狐狸族的獸人都成了亡骸，紛紛倒臥在地面上。

這個魯那魯村是世上少有的「與魔核無緣」偏僻地帶。因此芙亞歐很看重的那些人再也回不來了。不管是父親、母親還是哥哥，他們全都死光了。這些都是尤琳・崗德森布萊德害的。

自從那件事情發生後，芙亞歐就停下腳步，一直待在灰暗的世界裡。

不會感到欣喜，不會感到悲傷，每天都只顧著揮舞那把不帶感情的刀。

追求強大跟追求藝術很相似。

用血和悲憫為世界增添色彩，是種革命活動。為了找回色彩，芙亞歐必須找仇敵報仇雪恨。而她唯一的路，就是成為無與倫比的強者——

（這樣不行。繼續想下去，對我來說形同毒藥。）

有個聲音從意識的底層傳來。

「內在」面意外地愛操心，「表象」的她踩踏著冰雪，對此做出回應。

（我都知道。過去是能夠讓自己奮發向上的猛藥，但同時也是能夠腐蝕心靈的劇毒。）

（那就好。希望妳看到魯那魯村的現狀，也不會長吁短嘆。）

（事到如今我哪有可能再為此哀嘆？反正那裡都變成廢墟了。）

離開距離她最近的「門」之後，她已經走了將近三個小時。

冰雪帶來的白茫變得更加濃厚了，每當吹過的寒風撫過耳朵，她的身體就會發抖。如果最後發現只是白來一趟，到時她發飆可別怪她——當她像這樣在心裡咒罵時，忽然發現一件事。

那就是這段路異常好走，仔細看會發現連路都有了。

冰雪已經被鞋子踏得結結實實，還有馬車或是其他車輛的輪子軌跡。

（好奇怪。再過去應該什麼都沒有才對。）

（好像有人的氣息。）

（這是怎麼一回事？……）

「內在」沒有回答。芙亞歐嗅到一絲不尋常的氣息，開始在下雪的道路上快步前進。

她在那些葉子都掉光的樹木間奔馳。當芙亞歐來到岔路的分岔口，她看見那裡立了一個之前沒見過的看板。

〈再過去會通往魯那魯村〉

就這樣，芙亞歐一腳踏了進去，接著眼前就出現一座貧困的聚落。

那跟她記憶裡的模樣有很大的落差。

但這是當然的。因為從前那個魯那魯村早就被燒掉了。

「這怎麼可能……是被重建起來了嗎……？」

這裡稀稀落落建了幾座茅草屋。芙亞歐邁步走了起來，心中只感到瞠目結舌。

這個時候不經意地，她聽見一道純真無邪的笑聲。

在凍結的稻田上，一些長著狐狸耳朵的孩子正在那邊丟雪球嬉戲。

昔日發生過的慘劇似乎不復存在，一片祥和的風景呈現在眼前——有那麼一下子，芙亞歐渾然忘我地呆站在原地。

那些小孩子一直專心在打雪仗。可是他們發現有人闖了進來，手裡的動作當場停下，全都盯著芙亞歐看。那種態度就好像在看外來客一樣。

（——就在那邊。我的家應該就蓋在村子中央。）

在「內在」的催促下，芙亞歐轉過身換個方向。

空氣明明就很寒冷，她卻不停在冒汗。那種昂揚感跟她和強者對質時感受到的非常不一樣，也不同於被壓倒性力量強行打壓的絕望感——她單純只是覺得這一切令人感到不適。

「是這裡吧……」

在公用的井口附近，她找到那棟建築物。

外觀果然跟記憶中的不一樣。

可是一看到門扉上掛的門牌，芙亞歐立刻有種頭暈目眩的感覺。

〈梅特歐萊德〉

會用這麼少見的姓氏命名的，就只有芙亞歐他們一族的人。

照這樣看來，換句話說，就是那樣了。但他們明明早就死了——

「哎呀，有客人啊？」

她將手放在刀柄上，頭轉了過去。

當下芙亞歐的心境就彷彿從懸崖上滑落。

站在眼前的這名男子，那模樣狠狠挖起她心中的舊傷。

「……哥哥？」

芙亞歐還懷疑自己是不是一腳踏進死後的世界了。

可是仔細看才發現並非如此。因為哥哥的長相不是這樣。

他只是跟自己的哥哥在氣質上有點相似。

「請問妳是哪位？」

「我才想問你……是誰……？」

「我是這個家族的人。聽妳那麼說，妳不是魯那魯村的人吧？是不是村裡某戶人家的親戚？還有妳手上拿著不得了的東西呢，莫非是皇都的軍人……」

細雪靜靜地飄落，覆蓋魯那魯村的雪白色變得更加濃厚。

然而奇妙的是——芙亞歐的世界正逐漸恢復色彩。

她止不住想吐，一直感到頭暈目眩。再也忍耐不住的芙亞歐摀住嘴，當場跌坐在地。

那個男子趕緊過來攙扶她，讓她靠在肩膀上。

「妳是不是身體不舒服？這下糟了，要先帶妳到溫暖的地方去……」

芙亞歐連甩開對方的力氣都沒有。籠罩腦海的全都是困惑、恐懼，還加上懷念的感覺。

「內在」在低吟。

（原來是這麼一回事啊？這都是現實、是現實啊……屬於我的魯那魯村是真的已經滅亡了。公主大人真是膽大妄為到了極點。我如今像這樣遭到令人懷念的幻影玩弄，這一切也全都在「弒神之惡」的掌握之中。這真是一劑猛藥，同時也是劇毒啊。）

芙亞歐眼裡含著淚水，被帶到那個梅特歐萊德家。

這裡有令人懷念的故鄉、令人懷念的老家。可是呈現出來的姿態卻已經跟記憶裡的不一樣了——然而那些氣息都跟她的家人極為相似。她覺得很有親切感、很溫暖，原先還很灰暗的世界正逐漸找回色彩。

（我懂了。）

公主大人是在給她選擇的機會。

——只要選擇留在這邊，以平凡女孩的身分過活，她的復仇之心就會逐漸消散。世界將能夠染上繽紛的櫻花色。妳跟其他人不同，還留有退路可選。

——那接下來該怎麼辦？

——要隱瞞真相，在魯那魯村過上和和樂樂的生活？還是要直視真相，跟我一起並肩作戰？不管妳選擇哪一邊，我都不會生氣喔。

（公主大人之所以特地為我指出這條明路……是代表我一直在追求的真相毫無價值嗎……？）

滋嗡。滋噹。

世界開始切換起來。

從魯那魯村被燒掉的那一日起，她的頭蓋骨內側就開始會有「滋嚐」聲作響。內在與外在。善良與邪惡。敵人和我方。謊言與真相——那是能夠讓一切顛倒反轉的琵琶音色。

☆

通往常世的門扉打開了。

說老實話，她很希望能稍微再多做點準備。但時候到了，這也無可奈何。要做的事情多得像座山一樣。

需要殲滅星砦、封鎖出入口、營造烏托邦。

還要跟六百年前生生離別的友人重逢。

《當季節更迭交替，跨轉六二二度，我們會再相逢。並有『天上的寶石』相伴。》

她是能夠預見未來的巫女。

所以她說的那句話一定是真的。

要不了多久，季節更迭將會跨轉六二二度。

「妳等著我，我們的願望就快實現了。」

嘴裡舔著血液做成的糖果，這人漫步在夭仙鄉京師的石板路上。
要將那些關在房裡哀嘆的人都帶到外面去。
來到沒有悲痛的世界，和我一起活在那個世界裡吧。
若是被黛拉可瑪莉聽見了，她可能會斥責自己，對她說「妳未免太消極了」。
可是除此之外，我找不到其他能讓心靈獲得安寧的方法。
我反而還很確定這是最棒的方法。
我一定會讓那一切得償所願。
就算要把這個世界攪得天翻地覆也在所不惜。

1 無常的世界之理

Hikikomari the Vampire Countess no Monmon

《六國新聞》　三月二十四日　早報

『魔核崩壞　將對所有神仙種發布外出禁止令

在二十三日這天，夭仙鄉政府發表消息，指出魔核已經崩壞。原因不明。不僅是在夭仙鄉境內，甚至還包含核領域，已經確認這些地方再也不會對神仙種提供無限恢復效果，這件事情已經在各地引發混亂。上一任天子愛蘭奕許針對所有的神仙種發布外出禁止令，還宣告國家進入緊急狀態。此外在紫禁宮這邊，當魔核疑似崩壞的那一刻，似乎出現某種空間災害，有好幾名參加即位典禮的賓客都受到波及消失。這之中還包含新上任的天子黛拉可瑪莉・崗德森布萊德陛下，以及皇后愛蘭翎子陛下，夭仙鄉政權中樞陷入大騷動，可謂是天搖地動。各國首腦都對這起事件相當看重，京師這邊將會召開臨時性的「六國會議」。直到政府發布新消息之前，所有的神仙種都不能隨便外出。因為他們若是死了將無法起死回生。』

※

「早上好，可瑪莉大小姐。今天的天氣也很不錯。」

我的意識如同泡泡般飄浮上來。

咦？我之前都做了些什麼？

印象中……我們好像去了夭仙鄉。跟尼爾桑彼作戰，還救了翎子的命。在這之後又是結婚又是即位，事情搞得一團亂，再來就是——

「您還在睡覺嗎？那我也來拿可瑪莉大小姐的肚子當枕頭，去睡回籠覺好了……啊啊好柔軟……真想趁人之危偷偷吸血……」

「唔哇啊啊啊啊啊啊啊啊!?」

我感覺自己的人身安全有危險，整個人彈跳起來，就像打上天的煙火。

只要一讓她有機可乘，她馬上就會這樣。

就連我這個脾氣好到堪稱風和日麗的人也難免會抓狂。

「妳閃邊去!!若是妳吸了我的血，每吸一毫升，我就會要求給一個月的休假喔!?」

「您這麼傲嬌真是辛苦了。但我們先別管那個，看看這周遭的情況，事情很不妙喔。」

「說什麼啊？這天底下哪有比妳的變態性格更不妙的東西……？」

在薇兒的催促下，我試著放眼看看四周。

呈現在我眼前的光景，是草木茂密的林中道路。每當早春的暖風吹拂，樹梢就會搖曳，耳邊能夠聽見令人心曠神怡的樹葉摩擦聲。這時我才發現自己躺在泥巴地上。

我將沾在軍服上的樹葉和泥巴拍掉，對薇兒說了聲「對了薇兒」。

「這裡是哪？『一覺醒來睜開眼就來到戰場』，平常都是那樣，但這個應該不是吧？」

「這裡好像是常世。」

「……咦??」

「夭仙鄉的魔核『柳華刀』壞掉了。被封印起來的力量洩漏出來，把我們帶到常世。之前吸血動亂發生的時候，姆爾納特宮殿已經出現過某種現象，這恐怕就跟那次的現象一樣，話說可瑪莉大小姐的項鍊墜子——」

有如一陣激流灌注過來，一些記憶在我的腦內重播。

先前魔核出現裂痕，翎子當下露出絕望的表情，當時還爆發一陣閃光。

再來我就感覺自己很像被吸塵器吸進去的灰塵，然後我跟薇兒就遭到強制轉移了。

對了，現在不是在這邊悠閒睡覺的時候……！

「——不行，這附近好像真的都沒人居住。」

這時我背後的草叢喀沙喀沙地搖晃，接著納莉亞・克寧格姆就現身了。

咦，納莉亞？她怎麼在這？

當我困惑地歪過頭，她便表現出困擾至極的樣子，並擦拭額頭上的汗水。

「一直待在這邊也只是肚子越來越餓，或許我們移動到別的地方會更好。」

「是那樣啊？看來這裡還是夭仙鄉的可能性已經不存在了。」

「豈止是夭仙鄉，看樣子這裡甚至不是我們原本待的那個世界。搞不好就是妳說的那個『常世』——好了啦，艾絲蒂爾，妳別再哭了。」

「是……沒有……我沒在哭……！」

在那時大吃一驚的我轉眼看向納莉亞背後。

那裡有個綁著單馬尾的吸血鬼——她是艾絲蒂爾，人現在就站在那邊。

可是她的樣子不太對勁。如果是平常的艾絲蒂爾，她看起來應該更加雄糾糾氣昂昂才對，但是看看她現在臉上的表情，簡直像是玩捉迷藏玩到被人遺忘拋下的小孩子。

我跟她不經意對上眼。她對我投來的目光，好比是在地獄裡撞見佛祖一樣。

「您已經醒過來了啊……！」

「咦？對啊，早安。」

「閣下～～～～～～～～～～～～～～～～～～!!」

艾絲蒂爾一晃眼就來到我身邊。

那一對蓄滿淚水變得淚眼汪汪的雙眼出現在我眼前。用不著這樣吧，說真的妳到底是怎麼了啊？艾絲蒂爾居然會擺出這樣的表情，我只覺得那就像是世界末日要到來的徵兆耶……？

「我該怎麼辦才好!?這種事情，軍校教授的課程根本就沒提過！」

「妳說課程？什麼課程？」

「當我們轉移到異界，應該採取怎樣的行動才是最恰當的，我完全不曉得!!」

「妳也不用這麼耿耿於懷，艾絲蒂爾。反正這裡也沒人知道要怎麼做啊。」

「可是薇兒小姐……！我們的原訂行程表上並沒有這一項……」

「妳這個人到底是有多愛照本宣科啊！這種時候就應該像個軍人，隨機應變才對，否則是行不通的。」

艾絲蒂爾聽完這話垂下頭應道：「很抱歉……」

我心中有種不祥的預感，轉頭面向薇兒。

「……這裡真的是異世界？」

「恐怕是——請您看看周遭生長的樹木，那些都是本該在三百年前滅絕的『阿爾卡杉』。翦劉種大量將這種杉木用在建築材料上，應該早就導致這種杉木從世界上消失才對。」

「什麼……？那我們是來到三百年前了嗎？」

「還不清楚。但好像不是只有阿爾卡杉木而已。好比是開在那邊的花朵，圖鑑上面也都沒有收錄。我身為一名毒藥狂熱分子，實在是很想採集看看。」

「閣下，請妳看上面。那裡的太陽好像有兩個……」

聽完艾絲蒂爾那麼說，我抬頭仰望天空。

那刺眼的光芒讓我整張臉都皺了起來，當我專心凝視後，發現天空中確實飄了兩顆並排發亮的恆星。那是什麼啊？是不是在我沒注意到的時候，太陽那傢伙已經找到女朋友了？

「應該是我想太多吧，是我看錯了吧。」

「就是說啊，是艾絲蒂爾太累了。」

「我想也是……還好——！」

艾絲蒂爾完全進入逃避現實模式。

因為有大家在我身邊，我才能故作堅強，若是我是一個人被傳送到這種地方，我看我可能會瘋掉。現在我變得非常擔心翎子她們。

「薇兒，在這裡的就只有我們四個人嗎？」

「是，到處都找不到翎子大人和梅芳小姐。感覺她們在當時那個時間點上，應該也有被魔核的光照到……」

「從多方面推測，這次轉移很有可能是隨機的吧。」

納莉亞在說這句話的時候，似乎還在回顧那段苦澀的過往。

「那個時候，我跟艾絲蒂爾為了去找可瑪莉，兩個人一起前往等候室。接著就突然有一道光射出來，我們都被吞噬了。感覺是在照射到的範圍內隨機選出一些人，再將他們丟向隨機選出的地點。也許翎子她們正待在常世中的其他地方也說不定。」

艾絲蒂爾這下整張臉都綠了，嘴裡說著：「怎麼這樣——」

「難道說……我們這是遇難了……？」

「用這種方式來形容或許是最貼切的，而且我們還不知道要怎麼樣才能回去。」

「還有一件事，那就是沒辦法使用【轉移】用的魔法石。應該是魔力沒辦法擴及到另一個世界吧。」

「吱！」

這時艾絲蒂爾發出很像老鼠在叫的悲鳴聲，人倒了下去。

在照顧她的時候，我同時也在思考。

眼下狀況已經超乎我理解能力所能負荷的了。就算在這邊鬧脾氣吵著說「我要回家!!」應該也沒用吧。

妳要冷靜點，黛拉可瑪莉・崗德森布萊德。

夭仙鄉那邊曾經引發一場騷動，妳可別忘了這件事情是怎麼發生的。

都怪我那個時候想得不夠周到，一度失去翎子。若是我能夠想得更周全，或許就能想到足以拯救她的手段，然而我卻只是一股腦地橫衝直撞，根本什麼事都辦不好。

不能夠讓華燭戰爭的悲劇再度重演。

我是稀世賢者，擁有究極頭腦和理性的居家派。

身上應該具備足以克服這場困難的力量才對。

「——薇兒！讓我吸妳的血！」

「「「啊？？？」」」

另外那三個人都瞪大雙眼。可是我沒放在心上，而是將手放到薇兒的雙肩上。

「我們要來預測未來！那樣一來，我們或許就會知道接下來該怎麼做。」

我想到的點子還真棒。那個就叫做烈核解放【潘…………】，全名忘了。可是薇兒的能力應該會成為打破現況的關鍵。

然而不知道為什麼，她卻羞紅著臉，一副手足無措的樣子。

都什麼時候了，還在害羞——當我想到一半，納莉亞半路上過來插嘴，說了一句：「等一下！」

「沒必要讓可瑪莉去吸吧？我來吸。」

「納莉亞妳是翦劉種吧？吸食血液會弄壞肚子喔。」

「唔……那換艾絲蒂爾好了！妳去吸薇兒海絲的血！」

「這樣實在太過冒犯了！再說按照軍校的校規來看，不純異性交往是被禁止的……」

「妳們又不是異性，而且這裡也不是在軍校裡！如果妳還是個吸血鬼，就該毫不客氣吸血！」

看來還是只能由我出面吸血。

我的視線回到薇兒身上。她好像稍微恢復冷靜了。

「……也就是說，是要透過我的烈核解放來決定今後方針是吧。」

「對，所以妳若是願意幫忙，對我們會很有幫助。」

「我明白了。但有一件事我要先鄭重說明一下——」

臉還紅紅的薇兒露出認真的表情。

「在我能夠觀測到的範圍內，【潘朵拉之毒】有兩個階段。第一種是我能夠做長期預測，那叫做『預見未來』。第二種是能夠做短期預測，並利用時間差攻擊，這叫做『未來炸彈』——在這兩者之中，我們目前需要的是前者，但實際上這卻存在限制，那就是『發動頻率大約是五天一次』。」

「這我還是第一次聽說。」

「我以前有試著計算過，但是我忘了跟可瑪莉大小姐報告。很抱歉。」

不用啦，薇兒又沒有做錯事。

是我對部下的能力一點興趣都沒有，反倒是我自己該對此負責。

我連能力的全名叫做【潘朵拉之毒】都記不太起來，這已經不只是讓人傻眼，聽完甚至會想呵呵大笑。

「抱歉……若我有事先做過確認就好了。我會更加注意的。」

「您有這份心很棒。我也會以可瑪莉大小姐為榜樣，多加留意——回歸剛才的話題，換句話說，【潘朵拉之毒】的使用時機應該要經過深思熟慮再決定。」

「懂了懂了。」

「另外【潘朵拉之毒】能夠看見的就只有『未來的某個點』。就算妳們抱持很大的期待，我也沒自信能夠完全回應這份期待。」

沒想到看似無敵的烈核解放，意外的也會受到限制啊？

可是……就算是那樣好了，我也不會因此選擇不去拜託她。

「……若是要做這種事情，最初的第一步是最重要的。若是要使用，我覺得現在是最合適的時間點。總而言之，妳能不能夠幫忙看一星期後會發生的事？」

薇兒聽完乖巧地點點頭，應了一聲：「明白了。」

「那麼為了因應待會被您吸血，先讓我做一下心理準備。首先我需要花三小時冥想，來達到精神統一呀嗚!?」

我無視薇兒的玩笑話，直接張口咬住她的脖子。

女僕慌慌張張喊出「可瑪莉大小姐……！」的聲音也被我忽視，我「啾啾」地吸食那些血，接著我眼前的景象就一口氣染紅。這是烈核解放【孤紅之恤】——然而我的心卻跟沉穩的大海一樣平靜。就算熊熊燃燒的魔力滿溢出來，我也不會進入暴走狀態。

我的嘴慢慢從她的肌膚上移開。

就在我眼前，站了臉跟眼睛都變得好紅的薇兒。

「看見了嗎？」

我用寧靜的語調提問。

待在我背後的納莉亞和艾絲蒂爾也吞吞口水，在一旁觀望。

薇兒稍微沉默了一下子，最後終於說了聲：「看見了——」，並發出苦惱的嘆息聲。

「可瑪莉大小姐……」

原本紅通通的臉變得越來越青白。

我感受到一股不尋常的恐怖氣息。指尖上的震顫傳播開來，我有種預感，覺得出現在她眼前的未來或許會很可怕。

薇兒顯得有點躊躇，接著她道出令人難以置信的預言。

「一個星期後……可瑪莉大小姐將會死去……就在我身旁……像睡著了一樣……」

這可是如假包換的死刑宣判。

我心中產生動搖，連帶使得嘴脣開始顫抖。

「妳別說謊了。」

「我是說真的。」

「給我說真話。」

「我說的都是真的。」

我因為驚訝過度的關係，連身上那股紅色的魔力都逐漸消弭。

就這樣，我們在常世的冒險有了最爛最差勁的開端。

☆

我們的方針已經決定了。

──『首要任務就是保住性命』。

「咦?那這樣不就跟以往一樣了……?」

「不一樣。恐怕魔核的效果無法觸及常世這種地方,若是死了,可能就真的死了。」

「那該怎麼辦啊!?若是七天後會收到一個死掉的可瑪莉,那可不是在開玩笑啊!?」

我們現在待在常世的森林裡。

帶著黯淡的心情,一行人持續在森林裡行軍。

早在許久之前就該滅絕的阿爾卡杉木錯綜複雜地排排站,眼前看到的盡是這樣的景象。

在薇兒的預知中,我好像一個禮拜以後會死掉。詳細情況不明。但她就只有看見「在薇兒身旁靜靜斷氣的我」。

當然【潘朵拉之毒】並非絕對正確,那會根據當事人做出的行動而有所更動,未來不管變成怎樣都有可能……但是我卻有種喉嚨被菜刀抵住的感覺，而且那種感覺揮之不去。

納莉亞這時看似傻眼地笑了，嘴裡回應：「也太扯了吧。」

「反向思考就等同——只要一星期沒過完，可瑪莉就不會死對吧？一直憂心忡忡也不是辦法嘛。我們就先想想該怎麼走出森林，去往城鎮上吧。」

「說得也是……嗯，這樣才對……」

但還是有但書啦？這話都講好幾遍了，那就是未來能夠改變，而且蘊含無限可能喔？

若是想到一星期後才會出事，所以這段時間內都無所謂，甚至因此掉以輕心，那我還是有可能以死收場。

「可瑪莉大小姐？您在那邊撿什麼東西呀？」

「這是杉菜。想說今天晚上是不是可以拿來加菜……」

我手上抱了滿滿的一堆杉菜，硬是把淚水憋回去。

嗚嗚，事情怎麼會變成這樣。

原本我還預計今晚要跟佐久奈一起當家裡蹲，開一場零食派對的說。

「若是直接生吃會吃壞肚子的。艾絲蒂爾妳會用火焰魔法嗎？」

「關於這點……魔法的使用情況好像不太對勁。」

艾絲蒂爾這時語帶不安地回話。

她身體四周飄著看似頗具殺傷力的鎖鍊，那些是魔力鎖鍊。

可是這些鎖鍊一直在微微震動，感覺隨時都會掉落到地面上。

「不知道為什麼，我不能隨心所欲操控這些鎖鍊。這是……」

「是因為沒有魔核供給魔力的關係吧？我也沒辦法對我的雙劍好好灌輸魔力。」

「不對，基本上整個自然界應該都充滿魔力才對。因此我們就算來到魔核的效果範圍外，還是能夠使用某種程度的魔法。可是來到這裡之後，我卻感受不到魔力的存在……」

這話讓納莉亞擺出凝重的表情。

「……基本上魔力是來自人體外側的力量。另一個世界供給我們的魔力，目前體內還殘留一些，但等到這些魔力都用完了，我們或許就沒辦法再使用魔法。」

這樣不就糟透了嗎？

到時候事情可就嚴重了，可不是只有不能吃杉菜那麼簡單。如果遭遇敵人襲擊，就只能學球潮蟲躲到陰暗角落去。

「不會有事的，可瑪莉大小姐。」

薇兒突然過來磨蹭我的臉頰。妳是怎樣？

「我一定會守護您的。我擅長的戰鬥方式並不是仰賴魔法，主要的作戰方法都依靠毒物。」

「謝謝妳。但是妳離我遠一點，這樣很熱。」

「不好意思。總覺得不這麼做，可瑪莉大小姐可能會消失不見……」

「……？」

是不是剛才看見的未來影像令她心生恐懼？

還是被傳送到奇怪的地方，間接導致她感到不安？

不過薇兒也才十六歲，會因此退縮是很正常的。

我嘴裡說著：「不會有事啦。」動手摸摸她的頭。

「我不會死的，薇兒妳只要放心跟在我身邊就好。」

「可瑪莉大小姐……！」

不知為何，薇兒用力擦拭她的眼角。

「啊啊，竟然會有這種事。原來可瑪莉大小姐長大了呢……前些日子明明不含著我的拇指就沒辦法睡覺，還是個孩子。」

「我可不記得有含過妳的拇指。」

「我已經決定這輩子都要待在您身邊了。今後我們要像兩個人穿同一件衣服那樣，我想要附著在可瑪莉大小姐的背上生活。」

「我只是稍微關心一下，妳馬上就變成這樣！給我放手，不要貼在我身上！」

我好不容易撿到的杉菜通通撒在地面上。

這時突然有一陣風吹過，吹得樹木沙沙作響。就在我們眼前，有隻不知名的蝴蝶飛過。

「大家停下。」

原本走在最前面的納莉亞停下腳步。

薇兒就好像捏麻糬一樣，用那樣的手勢捏我的手臂，對此展開抵抗的我也跟著停了下來。

「……怎麼了？是不是我們該走反方向？」

「不是，妳們有沒有聽到什麼聲音？」

鏘啷啷啷啷啷啷!!——這時突然發出一陣金屬聲響。

艾絲蒂爾頓時「哇啊啊！」地叫了一聲，人屈身彎了下去。看來她可以用來操控魔力鎖鍊的魔力已經用盡了。這下她就不能隨意揮舞她的武器——

但那聲音。

若是專心傾聽，確實能夠聽見。

有風吹動樹梢的聲音，還有某種東西粉碎掉的聲音。

另外加上某個人的悲鳴聲。

「唔——有人遭遇襲擊！」

納莉亞用手握住刀劍的刀柄，就這樣跑了出去。

「我們走吧，可瑪莉大小姐。」我的女僕過來拉住我。

艾絲蒂爾則像是跟著媽媽走的花嘴鴨，追隨我們大家的腳步跟過來。

我們在樹木間穿梭，慎重地前進。那些不平靜的聲音聽得越來越清楚。而後就彷彿身陷戰場，周遭空氣充滿了殺伐氣息——是不知來自何方的某些人在作戰。

這時納莉亞將雙手張開，說了聲：「別走了。」

我們四個人躲在草叢後方，觀察前方的情況。

「怎麼會……」

有一輛馬車靠在樹木上，呈現傾倒狀態。

就在不遠處，有個在城鎮上隨處可見的普通女孩就坐在那邊。每次她動動身體，嘴裡都會吐出苦悶的喘息。仔細看會看到她肩口那邊微微滲血。

至於將她包圍住的——是一群身上穿著盔甲的男子。

那些人看上去很像古典小說中才會登場的騎士，一身裝扮像是跑錯時代。可是他們並非虛構人物。身上散發如針尖般的殺氣，惡狠狠地瞪著眼前那名少女。

「他們身上的盔甲附有徽章……是阿爾卡王國的徽章。」

納莉亞當下睜大了眼睛，還屏住呼吸。

阿爾卡王國？那不是以前納莉亞還是公主時，曾經有過的那個國家嗎？

我們是不是真的回到過去了？——我心裡萌生疑惑，就在那瞬間又有別的事發生。

「辦得到就試試看啊！你們這些來自阿爾卡的野蠻人。」

那個身上都是傷的少女在這時很有骨氣地放聲大喊。

我看年紀搞不好比我還小。她有一頭跟天空一樣藍的青藍色頭髮。

「若是殺了我，帝國不會坐視不管！你們的家人也都會受到戰火波及喔!?」

那些身上穿著盔甲的人不帶情感地踩著步伐，一步步逼近那個女孩。

「我……我知道了啦！你們是想要錢吧!?不管要多少我都出，所以你們今天就放棄吧，趕快回去！那樣我們雙方都能和平解決這件事。」

其中一個盔甲人扔出小刀。

那亮晃晃的刀刃從少女的臉頰旁邊劃過。

我差點發出叫喊聲。這不至於構成致命傷——可是傷口那邊還是有鮮血流淌出來。似乎已經看出自己跟對方沒有交涉的餘地，少女的臉色變得越來越蒼白。

「別、別這樣啦……！你們做這種事情也沒意義呀。好不好，拜託別再靠近了！」

那些身上穿著盔甲的人連一句話都沒說。

但能夠看出他們正打算蹂躪眼前這隻獵物。

……怎麼會這樣。才剛來到常世，我們馬上就撞見這種危機場面，真是想都沒想到。

我轉頭看那些夥伴，希望他們能想想辦法。

納莉亞瞇起眼睛，像是在思考些什麼。至於薇兒，不知道為什麼，她一直看著那個天藍色頭髮的少女，看到都出神了。再來是艾絲蒂爾，她淚眼汪汪地說著：

「閣下……！」還反過來跟我求助。

「這下該怎麼辦，閣下……！那些軍隊人馬是打哪來的？若是我們擅自伸出援手，會不會引發戰爭？未經許可戰鬥，這樣是違反帝國軍規的……」

「戰爭跟軍規都不重要啦！」

我決定鼓起勇氣挺身而出，這一生我可能就硬這麼一次了。

事情的來龍去脈我並不清楚。可是面對如此野蠻的暴力行徑，我總不能放任不管。

「喂，你們幾個！圍著一個小孩子是想幹麼——」

就在那瞬間，我正準備站起來。

腳卻被絆住了。被樹根絆倒。

「嗚哇哇!?」

我的身體用很滑稽的姿勢向前栽倒。

那些夥伴們紛紛發出驚叫聲，嘴裡說著：「閣下!?」「可瑪莉!?」「可瑪莉大小姐!!」。

喂，先等一下。

這樣我看上去未免也太遜了吧——我被絕望的漩渦吞噬，緊接著……

噗——咚!!

當下一記很搞笑的效果音響起。

在所有人的注視下，我跟地面來場淒絕的擁抱。

「…………」

因為那太痛又太可恥，害我沒辦法把臉抬起來。

怎麼會這樣啦。我剛才明明還要帥衝出來，這下都要成為我的黑歷史了。

若是就這樣睡著，是不是會變成夢境呢？

「妳是什麼人！」

這下我已經知道睡著會死。

之前一直不發一語的盔甲人全都把刀劍拔出來，惡狠狠地看著我。而且他們看上去的感覺就像是「發現敵人就要即刻斬殺」，刻不容緩地來襲。

在此同時，納莉亞和薇兒似乎也不再當木頭人了。

早在敵人發動攻勢前，她們就已經壓低身體奔跑起來。

「【盡劉之劍花】。」

納莉亞的雙眼發出紅色燐光。

那幫身上穿著盔甲的人原本正朝著我衝過來，桃紅色的劍光在他們身上一閃而逝。

光只是這個動作就讓敵人就發出悶哼，被她砍飛了。

可是對方人數眾多，我們實在寡不敵眾。對手人數超過十人，這樣下去沒完沒了。

我也加入戰局會更好吧，想到這邊，我撿起掉落在附近的木棒（武器）。可是手裡正在揮舞暗器的薇兒卻喊了一句：「您不用擔心。」

「這邊就交給我們吧，可瑪莉大小姐只要保持沉默在旁邊看就好。」

「薇兒海絲說得沒錯！妳趕快跟艾絲蒂爾一起到安全的場所避難！」

聽到納莉亞的怒吼聲，我這才回過神。

艾絲蒂爾彷彿在囈語，嘴裡叨念著：「魔力鎖鍊……魔力鎖鍊已經……」

因為她身上沒有魔力的關係，再也沒有辦法像以往那樣作戰。

「艾絲蒂爾！我們先撤退吧！」

「我、我是不會撤退的！第七部隊有一條規矩是『撤退就要判死刑』！」

「沒有那種規矩吧!?」

「不，就是有！是海爾達中尉教我的！」

「那傢伙都拿什麼亂教新人啊!!」

晚點再去找他說教一番。是說這種規矩，就讓我來打破吧。

我拉起艾絲蒂爾的手，跑到岩石後方躲起來。

外面正在上演壯烈的戰鬥。每當納莉亞揮舞雙劍，現場就會響起淒厲的慘叫聲，薇兒只要灑出有毒的煙霧，人們就會發出盛大的嘔吐聲，在那裡「嘔噁噁」地吐。

照這樣子下去，或許交給她們兩個去處理，這件事就能辦妥。

可是我總不能光顧著待在這乾等。因為我身上也具備足以戰鬥的力量。

「——艾絲蒂爾！讓我吸妳的血！」

「咦？」

我把手放到艾絲蒂爾的肩膀上，對著她大喊。

「雖然我不是很想連續發動……可是大家都在作戰，只有我在旁邊觀戰，這樣下去不行！所以拜託妳了！」

「什……什麼……不、不行啦！」

這就奇怪了，艾絲蒂爾的臉居然變得像草莓一樣紅，眼睛還看向別的地方。

……咦？那是什麼反應。

「我覺得閣下維持原本的樣子就已經夠強了……！」

「這……話是那麼說沒錯，可是吸血以後，力量能夠進一步提升啊！」

「不行！我沒有做過這種事，也從來沒讓別人對我這麼做……」

「咕唔唔……」

哎呀拖拖拉拉的煩死人了！

「這是命令！讓我吸血，艾絲蒂爾！」

「！？！？」

艾絲蒂爾的身體忽然間抽動一下，渾身變得和鐵線一樣緊繃。

我並不是很想用這種手段，但現在最重要的是保命，只能請她多擔待了。

只見艾絲蒂爾用快要消失的聲音說了句：「遵命……」，接著就對我敬禮。

面對上級長官的命令，他們要絕對服從。想來是這種習性已經深入骨髓了吧。

對方用力閉上雙眼。鎖定那微微滲出些許汗水的脖子，我慢慢將臉靠過去——

「——可瑪莉大小姐，我好像有請您在一旁默默觀戰吧。」

「哇啊啊啊!?」

我跟艾絲蒂爾同時發出慘叫聲。

不知道是什麼時候來的，身上帶著一身黑暗氣息的女僕已經出現在眼前。

「薇兒!?敵人呢!?敵人都怎麼了!?」

「敵人的話，早就已經清除乾淨了。您請看。」

薇兒抬起下巴示意，我順著示意的方向看去，那裡有一堆身上穿著盔甲的人疊在一起，人數上無以計數，而且全都暈倒了。

不僅如此，原本正遭受襲擊的少女也平安無事。她用手抓著薇兒的女僕裝衣襬，用狐疑的目光看著我和艾絲蒂爾。

「太、太好啦！大家都沒有受傷吧!?」

「我的心靈受了很大的傷害。當我在拚命作戰的時候，可瑪莉大小姐在搞外遇。不可原諒，也請您現在就吸我的血吧，吸到我的血都被吸乾為止。」

「現在不是做那種事情的時候吧？薇兒海絲。那個女孩不是都受傷了嗎？」

納莉亞將雙劍收回刀鞘裡，朝我們靠了過來。

那個少女躲到女僕的背後，身體縮成一團，大家的目光都落在她身上。

薇兒還看似困擾地說了一聲：「不好意思——」

「已經沒事了。敵人都已經被打退了……還是妳找我有什麼事？」

那個天藍色的少女一直緊跟著薇兒不放。

好吧，她差點被莫名其妙的盔甲人殺掉，這也不能怪她吧。

「對、對不起。」

那個女孩趕緊從薇兒身旁離開，可是她的視線一直放在變態女僕身上。

那種表情就很像遇到白馬王子一樣……嗯？怎麼會有這樣的表情？

「那個……謝謝妳救了我……我的名字叫做『柯蕾特・拉米耶魯』。能不能告訴我妳的名字……？」

柯蕾特・拉米耶魯用顫抖的聲音做自我介紹。

她的視線一直放在薇兒身上，而且還握住薇兒的手，將她的手緊緊包覆住。這樣會被傳染變態病，妳最好不要摸太久，但不知道為什麼，這份忠告一直卡在喉嚨那邊出不來。

難得薇兒會為他人的堅持投降，她接著開口。

「我的名字叫做薇兒海絲。在那邊的那位大人是黛拉可瑪莉・崗德森布萊德，我是只效忠於她的僕人。」

「薇兒海絲……這個名字……好棒啊……」

柯蕾特的雙眼頓時綻放晶亮的光芒。

她臉頰變得紅紅的，一直呆呆地望著薇兒的臉龐看。

……這是什麼？我有種不好的預感，是我多心了嗎？

不是感受到生命危險那類的。而是出在人際關係上，我感覺好像要發生麻煩事了。

總而言之言而總之——來到常世還不到兩小時。

我們很快就遇到第一位村民。

☆

我們用馬車上放的藥品和繃帶替柯蕾特處理傷勢。

常世這邊果然沒有魔核存在。既然人們外出的時候會隨身攜帶醫療用品，那表示他們事前並不覺得「受了傷也能轉眼間復原」。

「——那接下來……要請妳從哪邊開始講起呢？」

我們依然處在森林裡。那些身上穿著盔甲的人，都被人用繩索五花大綁捆在樹木上。

我們一行人來到比較空曠的地方，在那裡找個地方坐下。

「柯蕾特……妳是叫這個名字吧？妳是什麼人？」

「我只是碰巧路過的人。」

被納莉亞那麼一問，對方粗聲粗氣地回應。

我開始試著觀察那名少女——也就是柯蕾特・拉米耶魯。

她那純真的臉龐正看似不快地扭曲。身高差不多介於我和薇兒之間，可是年紀感覺好像比我還小。散發出來的氣質跟我那個惡魔妹妹蘿蘿可很相似。

© riichu

她一直待在薇兒身旁，而且不知道為什麼，一直盯著薇兒的臉看。

「我說——柯蕾特小姐，若是妳一直這樣看我，我也只會覺得困擾……」

「對、對不起。」

柯蕾特慌慌張張將目光挪開。

怎麼了？是不是薇兒臉上沾到什麼東西了？

為此感到在意的我試著凝視那個女僕，結果她臉紅了起來，還開始亂說話：

「可瑪莉大小姐，若是您一直這樣看我，我會喜歡上您的。」我選擇無視這番話，將目光拉回納莉亞身上。

「——那就是說，柯蕾特是常世的居民吧。對於那些身穿盔甲的人，妳知道些什麼嗎？為什麼盔甲上面會有阿爾卡的徽章？另外還有一點，妳為什麼會遭遇襲擊？」

「這些人都是野蠻人。一旦發現獨自旅行的女孩子，他們就會想要出手襲擊吧？」

「旅行……？妳不是『路過的行人』嗎？」

「……有意見啊？兩種意思都差不多啊。」

「是沒有意見，但總覺得怪怪的。」

納莉亞朝倒在一旁的馬車稍微瞄了一眼。

那輛馬車應該是盔甲人集團擁有的東西吧。車上遮擋的簾布也有「阿爾卡徽章」。

可是馬車倒掉，這背後的原因，我就猜不透了。總不可能是那個柯蕾特弄的——

「妳是想暗指我在說謊嗎？我話先說在前面，妳們還比較可疑呢。該不會是想要讓我掉以輕心，再趁機襲擊我吧？」

「柯蕾特小姐，若是我們真的這麼想，根本就不會救妳。」

「嗚……！」

這下柯蕾特變得狼狽起來，而且她還彆扭地低頭，嘴裡說了聲：「對不起。」

嗯？感覺她散發出來的氣息好像變了？是我多心了嗎？

「算了無妨——為了洗刷嫌疑，我就明講啦，我們是從別的世界過來的異鄉人。有很多事情想問妳。」

「妳是怎樣？一直在那邊說些有的沒的。」

「她不是在說有的沒的。我們突然被強制轉移到這座森林裡，正在為此發愁。」

「原、原來是這樣？假如這都是真的，那的確會很困擾……」

果然不是我想太多。唯獨對薇兒，這孩子才會表現出更加坦率的樣子。

納莉亞似乎也發現這種情況。她貼在薇兒耳邊，竊竊私語說了些話。

有那麼一瞬間，女僕臉上浮現出看似感到不可思議的表情。

可是她很快就點頭回道「我明白了」，接著重新轉頭面向柯蕾特。

「柯蕾特小姐，若是妳方便的話，能不能麻煩讓我問幾個問題？」

「嗯……」

柯蕾特稍微猶豫了一下，接著就開口了。

「……好吧。妳剛才救了我，對我有恩，只要是我有辦法回答的，我都會回答妳。」

☆

「首先要跟妳打聽一下，這裡應該是所謂的『常世』沒錯吧？」

據說只要朝西邊走一下子，就能抵達某個城鎮。

於是在柯蕾特的帶領下，我們一行人在森林中行走。

倒在路旁的馬車已經不能用了，因為馬不知道跑哪去。

柯蕾特手裡擺弄著看起來像是狗尾草的植物，頭微微一歪，嘴裡說著：「常世？那是什麼。」那動作看上去比我更加稚氣。這也難怪，聽說她才十四歲而已。

「這裡位在萊歐特州的北邊喔。」

「萊歐特州……？不好意思，請問那是哪個王國的領土？」

「當然是屬於阿爾卡王國的啦。」

負責殿後並對周遭情況保持警戒的納莉亞，在這時驚訝地望向我們這邊。

「……先等一下，柯蕾特。妳是說這裡位在阿爾卡境內？」

「啊？妳不是翦劉種嗎？為什麼不知道自己的種族大本營在哪裡。」

「我是阿爾卡『共和國』的總統。阿爾卡王國應該已經滅亡了。」

「拜託妳別在那邊危言聳聽好不好，阿爾卡王國明明還活得好好的。剛才那些穿著盔甲的人就是來自阿爾卡王國。都怪他們，姆爾納特才會有那麼慘痛的遭遇。」

「姆爾納特……？」薇兒眨眨眼睛。「這個世界連姆爾納特帝國都有？」

「那當然！這可是我的故鄉……那個——若是不嫌棄的話，我晚點可以帶薇兒妳過去。」

這時納莉亞看似困擾地盤起雙手放在胸前，並開口說了句話。

「有阿爾卡又有姆爾納特……那其他還有哪些國家？該不會還有拉貝利克王國跟夭仙鄉？」

「妳們還真的是什麼都不知道耶。真拿妳們沒辦法，就讓我教教妳們吧——」

將柯蕾特說的話去蕪存菁整理後，內容大概如下。

這個世界有「阿爾卡王國」「姆爾納特帝國」「夭仙鄉」這幾個國家。但除此之外還有「那西德帝國」、「多馬爾共和國」等等，似乎同時還有一些對我們而言很陌生的國家並存。而且聽說這些國家全部加總起來，甚至直逼四十個。

「請問……這裡是不是真的沒辦法用魔法呢？好像到處都找不到魔力？」

那時艾絲蒂爾接了這麼一句話，模樣看起來很憔悴。

柯蕾特一副很傻眼的樣子，回了一句：「妳是不是傻啊？」

「根本就沒有魔法那種東西吧，又不是在講奇幻故事。」

這下我們所有人一時間全陷入沉默狀態。

在常世的這邊，果然不存在魔力或魔法這種概念。

此時納莉亞忽然嘆了一口氣，並開口說了句話。

「……那沒辦法了。雖然這樣子很浪費魔力，但為了讓妳相信我們，或許是必要的吧。」

「妳在說什麼啊？」

「我要讓妳見識魔法——初級魔法【小旋風】。」

桃紅色的魔力朝著納莉亞的指尖聚集過去。

過沒多久，她的手掌上就出現不停轉動的風流漩渦。

這真的只是小小的魔法而已。可是對柯蕾特來說，帶來的衝擊力卻疑似大到好比炸彈爆炸一樣，她的嘴巴像魚一樣張著，整個人都定住了。

「我是翦劉種，不太會用魔法……但這樣一來妳就明白了吧？」

納莉亞接著將手緊緊握成拳頭狀。

那小小的龍捲風就彷彿蠟燭之火消失一般，就此消逝。

「在另一個世界裡，是有魔法存在的。我們能夠使用魔法，是如假包換來自異界的人。」

「好……好厲害!?那是什麼!?」

柯蕾特當下興匆匆地靠近納莉亞。

「那應該不是在變魔術吧!?再弄一次給我看！」

「不行啦。常世這邊沒有魔力，若是隨便亂用的話，遇到關鍵時刻會陷入困境的。」

「咦～……人家還想多看一點！」

「我說不行就是不行。」

柯蕾特儼然成了在鬧脾氣的小孩子，不停糾纏納莉亞。至於被糾纏的那一方，她看起來好像還滿爽的。只不過是放了一個魔法，對方就興高采烈成這樣，也難怪她會心情好。

接著柯蕾特開口說了句「原來是那樣——」，帶著恍然大悟的表情點點頭。

「妳——納莉亞妳是來自異界的人，這些我都理解了。那妳對這裡的王國分布完全沒概念，這也不能怪妳。」

「就是啊，所以我希望柯蕾特可以多教教我。」

「嗯！我會教妳的，所以妳要讓我多看一點魔法喔！」

這下換納莉亞苦笑。

若是我也會使用魔法，是不是就能夠跟柯蕾特變得更要好呢？

假如我變那種會讓拇指消失的魔術給她看，跟她說「這是魔法喔！」，她會不會很開心啊？應該不會吧，我看反而還會生氣。

「這就是魔法啊。納莉亞好厲害喔——但那個應該不是『能力』吧？」

「能力？那是什麼。」

「咦，妳不知道嗎？在這個世界裡，偶爾會出現能夠使用奇妙力量的人。那些人都被稱為『異能者』。雖然實際上我也沒見過幾個就是了。」

「嗯嗯？那個跟魔法不一樣嗎？」

「我想應該不一樣，發動後眼睛好像會變紅。」

納莉亞、薇兒和艾絲蒂爾聽了好像都心裡有底。

我想那十之八九就是「烈核解放」吧。

薇兒嘴裡發出一聲「唔嗯」，將手放到下巴上，頭微微歪著。

「是因為沒有魔法存在，烈核解放才會更加蓬勃發展吧。這倒是讓人有點感興趣。」

「咦？烈核解放好像是『跟魔核斷開聯繫才能發揮的強大力量』不是嗎？那來到沒有魔核的地方，會變成怎樣？是說我的超強力量也會自動發動……？」

「不，恐怕烈核解放不是『跟魔核斷開聯繫才發動』，而是更接近『發動後將會產生跟魔核斷開聯繫的結果』吧。所以有沒有魔核存在，對烈核解放應該都不構成太大的影響……可是這樣一來……唔唔……」

柯蕾特顯得有點呆愣，嘴裡說著：「妳在喃喃自語說些什麼啊？」

「雖然我不是很懂……但是我想多瞭解魔法的事情。是不是連我也能使用呢？」

「這裡不存在魔力，應該很難吧。就連我們來到常世都不太能使用──但比起那個，更希望妳能夠跟我們說說『能力』的事情。」

薇兒在問這話的時候，眼睛直視著柯蕾特。

的確，常世這邊是如何看待烈核解放的，就連我都感到好奇。

「該不會在這個世界裡，那是很常見的力量？例如路上隨隨便便找個行人都幾乎有這種能力之類的……」

「沒那回事。能力這種東西，終其一生都還不知道能不能被眷顧一次，非常的稀有喔。若是要拿身邊的例子來列舉，那我有聽說姆爾納特帝國的將軍幾乎都是異能者……」

「姆爾納特帝國的將軍？在說我嗎？」

「妳算老幾啊。」

「剛才有自我介紹了啊！我叫做黛拉可瑪莉・崗德森布萊德。」

「像妳這樣的笨孩子，怎麼可能是將軍？」

「笨……笨蛋……？小孩子……？」

這傢伙……居然隨隨便便就跨越那道底線!?

就算事實真的是那樣好了，有些話能講，有些話卻不能說啊!?

我看我就鐵面無私來判處個搔癢之刑好了——想到這邊，我上前踏出一步，卻被女僕制止。妳跟我應該是同一國的吧。妳這是犯了反叛罪，我要對妳處以相同的刑罰喔。

「再來就是……據說創造這個世界的人，也是異能者。」

「這樣講起來範圍太大了。能不能挑細節說給我聽聽？」

「當然好啊！」

柯蕾特顯得很雀躍的樣子。聽到薇兒問她問題，她好像很開心。

我被薇兒從背後架住雙手，所以我現在的心情跟興高采烈恰好形成對比。

「創造這個世界的人，是從六百年前就存在於世上的最強吸血鬼——通稱『賢者』。是她運用她的能力，為這個混亂的世界帶來秩序。在這個世界的中央有一座

『弒神之塔』，聽說那個賢者直到現在都還住在那邊……但這些都只是迷信說法。因為人是不可能活六百年的。」

「賢者？聽起來越來越像在說我耶？」

柯蕾特接著「哼！」了一聲，看似瞧不起人地笑了。

「在初級教育課程中，這些不是早就學過了嗎？妳都沒有去上學啊？」

「我……我有上啊！別看我這樣，我在校成績可是很優秀喔！」

「光用嘴巴講，要說得多麼天花亂墜都行啊。」

「嗚……」

柯蕾特對待我的態度，簡直就跟玫瑰一樣帶刺。

若是能夠跟她好好相處就好了……想是這樣想，我自己對她也抱有微妙的觀感，總覺得跟她不對盤。

這時薇兒過來安慰我，對我說：「好乖好乖，可瑪莉大小姐是天才喔。」

就算妳用這種方式安慰我，我也不會感到開心啦——想到一半，柯蕾特用冰冷的聲音喊了聲：「喂。」

「……這女孩是什麼人？薇兒的朋友？」

「可瑪莉大小姐是我的主人。」

「哦～……」

她一直盯著我看。假如我是上面有糊紙的拉門，被那樣的眼力盯著看，早就已經開好幾個洞了吧。

也許柯蕾特對我抱持的情感就像是在嫉妒也說不定。是因為這女孩對薇兒抱有好感吧——不對，真的是那樣嗎？

薇兒和柯蕾特明明不久前才剛認識。

雖然是那樣，面臨生命危險時，有人用很華麗的方式拯救自己，會心動也是很正常的吧。

再說我那個妹妹可是會對初次見面的人三秒內一見鍾情的吸血鬼。

納莉亞在這時插嘴說了一句：「先別管那個了。」將我的懊惱不當一回事地略過。

「這裡是沒有魔核和魔法的常世，而且還有奇怪的物理法則在作動，甚至連阿爾卡王國這種東西到現在都還存在。我們若是不快點找出回去的方法，到時事情可就麻煩了。」

「說得也是，再說可瑪莉大小姐一個禮拜以後就會死。」

除了柯蕾特，所有人都籠罩在沉重的氛圍下。

常世、能力、賢者、魔核、魔法、阿爾卡王國、被預告會死——再加上還有個柯蕾特·拉米耶魯。上述情報量太過龐大，我的腦袋變得像顆氣球一樣，都快炸破了。

但我不能因為這樣就感到挫敗，必須想辦法找出一條活路——

「閣下，遠方能聽見人在說話的聲音。」

原本一直沉默不語的艾絲蒂爾在這時對我說悄悄話。

不過那些聲音，柯蕾特好像都已經聽到了。

「是阿爾卡的士兵在巡邏吧？這裡算是他們的地盤。」

「該不會是在找妳吧？」

「他們打算把所有可疑人物都抓起來。特別是吸血鬼，他們好像格外警戒。」

「為什麼啊？」

「因為阿爾卡跟姆爾納特正在打仗啊。」

無視感到驚訝的我們，柯蕾特毫不留情地說下去。

「不對，不只是阿爾卡和姆爾納特而已。在這個世界上，有好幾股勢力都起了小規模的紛爭。聽說在我出生以前就開始了，一直～持續到現在喔。」

常世沒有魔核。既然沒有魔核，那就沒有核領域。

沒有了核領域，娛樂性戰爭這種概念也不存在。

換句話說——有的就只剩下真正的戰爭。

「其實我原本是被阿爾卡的翦劉種抓住。我找機會逃跑，他們才會來襲擊我。」

「那柯蕾特小姐是打算回姆爾納特帝國嗎？」
「對啊，那妳們有什麼打算？」
就算她問我們有什麼打算，我也不知道該怎麼辦。
於是我不由得抬頭仰望納莉亞。
「……從這裡到姆爾納特大概要走多遠？」
「若是要抵達帝都，至少也要花兩個星期左右吧？」
要在充滿戰亂的世界中，以血肉之軀走兩個星期……這太扯了吧。
若要說誰敢放膽投身於這種有勇無謀的旅程，我看能辦到的人只限於像第七部隊那種狂戰士吧。
再說前往姆爾納特帝國也不能回原來的世界——
那時突然發生一件事。
就是柯蕾特出現在離我很近的地方。
「……怎、怎麼了？我臉上有黏什麼東西嗎？」
「我覺得妳跟『宵闇英雄』長得很像呢。就連家族姓氏都一樣。」
「宵闇……？妳又在提莫名其妙字眼了……」
「『宵闇英雄』的名字叫做尤琳・崗德森布萊德。她是一個吸血鬼，拿姆爾納特當根據地，一直試圖平定戰亂。」

我的心臟在那時撲通狂跳。

原本被冰雪封埋的記憶高速復甦。

那場發生在姆爾納特宮殿的戰役，以及在溫泉小鎮法雷吉爾聽說的真相。

我這才想起來，媽媽在常世這邊作戰。

如今我人就在常世。所以那個人也跟我處在同一片天空下——

「那媽媽、媽媽她——！」

我情不自禁抓住柯蕾特的雙肩。

「媽媽她在姆爾納特嗎!?」

「咦？媽媽!?我想她自然會在姆爾納特那邊，不過……咦？媽媽？原來妳是那個英雄的孩子……？」

「對啊！那個人……她究竟在這邊的姆爾納特做些什麼……!?」

就連納莉亞也用很嚴肅的表情望著柯蕾特。

那個天藍色的少女先是開口說了句：「詳情我也不是很清楚。」接著又說了後面這些話。

「我聽說『宵闇英雄』為了讓戰爭休止，一直很努力。有的時候新聞上面還會刊載她的照片……她在戰場上四處奔波，聽說還靠武力制伏那些軍隊。」

之前在溫泉小鎮上遇到一個影子，那影子基爾德當時說過的話再度重回耳畔。

——目前常世那邊因為一個大笨蛋的關係，令世間陷入戰亂之中。

——我們把那個大笨蛋稱為「夕星」。

——在常世那邊負責阻擋夕星的……就是妳的母親，尤琳。

這時納莉亞將手輕輕放到我的頭頂上。

「——可瑪莉，妳之前在吸血動亂中不小心跑到常世裡，因為有老師的引導，妳才得以回到原來的世界，當時是這麼說的吧？」

「嗯……」

「那我們也應該要前往姆爾納特。只要能夠見到老師，或許就能釐清一些事情。」

於是我們的行動方針就這麼定了。

除了要避掉七天後即將迎來的死亡命運，我還要前往姆爾納特帝國。並且跟母親重逢，找出能夠回到原來世界的方法。也許這是一條很困難的路，困難到讓我難以想像。但奇妙的是，我心中卻覺得振奮不已。

我能夠見到媽媽。

光是想到這點，勇氣就好比是間歇泉一樣，接連湧現出來。

「等我們到姆爾納特了，我再招待薇兒來我家。納莉亞和那位艾絲蒂爾也可以過來。至於黛拉可瑪莉要怎麼處理，我還拿不定主意……」

「…………」

照理說我應該已經湧現出勇氣了……但該怎麼說呢？

我仍感到不安，不曉得自己跟這名少女能不能好好相處。

[1.5] 發生在對側的論辯

夭仙鄉京師——

天津迦流羅坐在設置於野外的桌子前，眉頭緊皺。

接到「魔核崩壞」的消息後，她趕緊從天照樂土那邊趕過來。

而且根據聽說到的消息指出，通往「常世」的門扉已經開啟，好幾個人行蹤不明。

在失蹤名單裡，也包含迦流羅的朋友黛拉可瑪莉・崗德森布萊德和納莉亞・克寧格姆。應該這麼說，所謂的「六戰姬」成員中，除了迦流羅，其他人幾乎都被捲入這次的事件裡。

各位可別覺得這是天方夜譚。

有好幾個目擊證人。而且事實上那道「門扉」就在迦流羅身旁開啟。

在遭隕石破壞的紫禁宮中央，那場現象（？）曾經上演過。

在這個空間裡，開了一個圓形的大空洞。大概是可以將三個迦流羅放直並排在一起的大小。

但是裡面在發光，一整片白茫茫的，就算探頭過去看也看不出什麼東西。

另外還有一件事，就是剛才迦流羅有丟小石子進去。

後來那個小石子就被這道門吸進去，直接消失了，她跑到對面去看，也沒發現小石頭落在對面的哪個地方。恐怕已經被轉送到常世去了吧。

迦流羅此時口中發出大大的嘆息。

說真的，現在不是咳聲嘆氣的時候。可是朋友消失這件事，對她而言實在太過震撼。希望大家都能平安無事——唯獨這份心情，一直在胸口中盤旋。

「不會有事的，迦流羅大人。她可是黛拉可瑪莉老師，會平安無事的……」

身為忍者的小春拍拍迦流羅的肩膀，幫她打打氣。

迦流羅對於她體貼的舉動很是感謝，接著她抬頭仰望自己的隨從。

「說得也是，可瑪莉小姐不會為了一點小事就隨隨便便死掉的。」

「對了，黛拉可瑪莉老師今天的運勢非常糟糕。櫻翠宮那邊的神官有占卜過了，出來的結果是『超級大凶』。很有可能只是在外面走一走就爆炸，然後被炸死。」

「妳不要說那麼不吉利的話好嗎……？」

不過是個占卜，就別當真了吧。她目前該做的是擬定一些更實用的對策——迦流羅如此警惕自己，同時朝四周張望，觀察周遭的樣子。

在這張圓桌前，聚集了一群響叮噹的大人物。

有來自姆爾納特帝國的皇帝，還有白極聯邦書記長、阿爾卡共和國副總統、拉貝利克王國的王子，以及夭仙鄉的前任天子——接下來各國首腦正要召開「六國會議」。

「——那接下來，我們來討論一下今後的方針吧？」

坐在迦流羅隔壁的金髮吸血鬼率先發話。

她就是姆爾納特帝國的皇帝——卡蕾・艾威西爾斯。

原本應該要出來主持大局的夭仙鄉前任天子則是一臉垂頭喪氣地坐在椅子上。魔核崩壞再加上心愛的女兒消失，這似乎帶給他過大的打擊，就算跟他說話，他也只顧著說：「翎子……翎子……」。於是大家就用抽籤的，變成由姆爾納特的皇帝來推動會議進展。

「關於魔核毀壞之後的國內處置，我們沒什麼話好說。因為這是夭仙鄉自己的問題。雖然我們不會吝於提供協助，但也不打算積極介入——這樣應該沒問題吧，前任天子愛蘭奕詝大人。」

「是啊……大臣們都在別的地方齊心協力開會討論此案……但是翎子！翎子跑

哪去了……要快點找到她……！」

「你說對了，這也是一個問題。」

皇帝用冷酷的目光看向那道「門扉」，嘴裡繼續說著。

「那道門恐怕正是通往異界，而且還是因為魔核崩壞才出現——黛拉可瑪莉・崗德森布萊德跟愛蘭翎子被吸進去，之後轉移到異界去。我們不能對這件事等閒視之。」

「那我們現在馬上就派遣調查隊到常世去吧!!」

這時有人敲擊桌子發出「咚!!」的一聲，一名年輕人從位子上站了起來。

他是長著雞頭的獸人。這個人好像就是拉貝利克王國的王子。

「本國很器重的將軍莉歐娜也遭受波及!!這對本國來說，是一個重大損失!!若是你們不願意有所行動，我也會單憑一己之力闖進那道『門扉』內搜索!!」

「你冷靜點，王子，像那樣魯莽行事是沒用的。」

「我怎麼有辦法冷靜!!原本莉歐娜還預計要和我一起享用晚餐!!敢打壞我的計畫，不可饒恕!!我要親手把它葬送掉!!」

「你的心情我能體會……」

此時跟著開口的人是阿爾卡副總統。那個翦劉種嘴邊長著鬍子，看起來氣勢很弱。

據說這個男子以前在阿爾卡王國時代就已經是納莉亞的護衛了。

「若是少了納莉亞殿下，阿爾卡將無以為繼。我們贊同王子的論調。」

「有人附議啦!!那你們這幫人打算怎麼做!?我可是準備現在就要直接前往那個什麼常世吶!?喂，你們到底有什麼打算啊，從剛才開始就一直盯著門扉看的天照樂土!!」

突然被人點名，迦流羅嚇了一跳。

那隻雞正怒氣騰騰地瞪視她。

「妳要幫哪一邊!?贊成我的說法!?還是反對!?」

「不……其實我……」

其實她很想現在就跑過去找可瑪莉和納莉亞。

可是目前他們握有的情報還太少。若是隨隨便便出動，很有可能會反過來付出慘痛的代價。

「……我覺得應該對現在的情況再稍微多做些整理，多多思考一番。若是什麼準備都沒做就直接衝進那道門之中，我們很可能無法全身而退。」

「唔…………!!」

那隻雞的臉變得像成熟的葡萄一樣，顯得又紅又黑。

咦？看起來好可怕。

「——喂，那邊那個忍者隨從!?雖然不知道妳是哪根蔥，但妳是黛拉可瑪莉・崗德森布萊德的書迷吧!?都不用勸勸妳的主人嗎!?」

「就因為我是隨從才不規勸，再說迦流羅大人也很討厭你這種直來直往的真性情動物。」

「等等啦小春!?妳在說什麼啊!?」

「她還說要把你做成炸雞塊吃掉。」

「很抱歉公雞先生，這都是誤會，請您多多包涵。」

「我不是公雞——!!」

那隻公雞嘴裡「咕咕!!」叫，朝著迦流羅襲擊過來。

迦流羅發出慘叫聲，在那四處逃竄。憤怒的公雞拍著翅膀撒出羽毛，朝著迦流羅進逼。那實在太可怕了，迦流羅差點昏死過去，但她若是昏倒肯定會被殺掉，所以她拚命地跑啊跑的。

「求你別這樣——!!」

「氣到我雞冠衝天啦——!!」

公雞在此地撒野。大神被追趕。阿爾卡副總統陷入手忙腳亂的狀態。書記長不知為何臉上笑咪咪的。前任天子則是趴在桌子上，光顧著說：「翎子……」

再來看看姆爾納特帝國的皇帝——

「你冷靜點，王子。就算去追趕迦流羅也沒辦法把事情解決掉。」

「唔……！」

她用好比是雷鳴的聲量大聲吆喝。

被這股氣勢鎮住的公雞停下來不動了。

「……說得也是!!是我不夠冷靜……!!」

公雞他全身冷汗直流，乖乖回到自己的座位上。

迦流羅心裡感到不可思議，朝皇帝看了一眼。她臉上的表情是前所未有的陰沉。因為可瑪莉消失而感到最為不悅的人，或許是她才對。

用手撐著臉頰的書記長在這時開口問了句話。

「——那麼皇帝陛下，妳到底有什麼打算？」

「有個知曉內情的人親臨現場，我們可以聽聽她的看法。」

「知曉內情的人……？」

當下忽然有一陣風吹過。

皇帝的視線轉向背後。到底發生什麼事了——在人們的默默注視下，發生了不可思議的事情。有些雲霧開始移動，勾勒成一道影子。這道影子還不停向上冒，迅速擴張，開始膨脹成立體的姿態。

最終影子變成一個直立的人型。

© riichu

很相似。

迦流羅頓時間呼吸一窒。因為那股氣息跟她曾經在法雷吉爾紅雪庵內感受過的

「——真是惱人，都處在這種狀況下了，一群人還像孩子一樣吵吵鬧鬧啊。」

那個影子發出女人說話的聲音。

彷彿是從另外一個世界傳遞過來的，聽起來並不鮮明。

在場眾人全都一臉驚訝的樣子，皇帝沒去搭理他們，而是開始做介紹。

「她是基爾德‧布蘭。剛才她突然出現在朕身邊，說『想在會議上說明一些事情』。似乎會針對眼下這種狀況給予諸多面向上的指點。」

「她是什麼人？這看起來也不像魔法現象……」

阿爾卡副總統接著問出這麼一句話，看起來很警戒的樣子。

「聽說她是常世的居民。朕也是剛剛才跟她初次碰面，但我可以為她的身分掛保證。這是因為她知道只有常世居民知曉的資訊——而且我們家的可瑪莉還在法雷吉爾溫泉小鎮遇過她。關於這點，迦流羅妳其實也算是當事人吧？」

「是的，雖然我並沒有親眼目睹，但事後可瑪莉小姐有跟我解釋過，說明當時究竟發生什麼事。若我記得沒錯，影子小姐似乎只能在法雷吉爾那邊出沒？」

「那是因為那裡的『門扉』開著。」

暗影——基爾德如此斷言。

「由於魔核崩壞，天仙鄉京師才會跟常世連結。於是像我這樣的人就會變得更容易進出。」

「妳說妳是人？這樣說很失禮，但是妳看起來並不像普通人那樣……」

「我並不是穿過門扉來到這邊的。只是將自己的『影子』送過來而已，本體還在常世那邊。」

迦流羅有聽可瑪莉說過。據說基爾德・布蘭是被稱為「抱影種」的未知種族。特徵就是能夠讓自己的分身——也就是「影子」浮現在別的世界裡。

她腦海中忽然在那時浮現疑問。

「……既然門扉都打開了，那妳本人不就能夠直接過來了嗎？」

「穿過那扇門扉就跟自殺沒兩樣。」

基爾德說完，看向在紫禁宮遺址上開出的那扇門。

那形同是一種會發出白色光芒的謎樣現象。看著那壯觀的景象，迦流羅總覺得能夠感受到一股不祥氣息。

「照理說這扇門應該是會通往常世的特定座標地。可是穿過那扇門的黛拉可瑪莉、納莉亞・克寧格姆、莉歐娜・弗拉特和普洛海莉亞・茲塔茲塔斯基疑似分別被轉移到不同的地點。至少能確定她們並沒有出現在原本應該出現的地方。講白點就是她們失蹤了，而且生死未卜。」

「什麼……」

迦流羅為此感到不寒而慄。

暗影毫不留情將話繼續說下去。

「那扇門已經壞掉了。原因也已經查明——都是因為黛拉可瑪莉・崗德森布萊德讓隕石掉落在京師的緣故。自古以來就有傳聞指出星相將能夠對世間萬物造成影響。想來是因為隕石撞擊導致門扉扭曲了吧。因此若要穿過那扇門，無法保證人還會安然無恙。」

迦流羅不由得去想像重要的朋友們正遭受苦難垂死掙扎的畫面。

尤其是可瑪莉，她特別危險。總覺得那女孩若是不好好照看將會消失不見。

上一代大神曾經托夢對她耳語——「請妳要成為可瑪莉小姐的助力」。

「——妳想說什麼啊!?是在說派遣搜索隊不可行嗎!?」

「說得沒錯。穿過那扇門很有可能會死，這樣的可能性是有的。你也不希望胡亂搜索導致失去整支搜索隊吧？」

「唔……!!莉歐娜……!!」

公雞的手在此刻緊握成拳，變得垂頭喪氣。

阿爾卡副總統像是突然靈光一閃，他轉頭看迦流羅。

「天津大人，聽說您有能夠讓世間萬物的時光全都逆流的力量。」

「什麼……？」

「這些都是納莉亞殿下跟我說的。如果是妳，或許能夠修復那扇門。」

「是這樣嗎!?雖然我不是很清楚內情，但天照樂土你們一定要幫這個忙啊!!」

副總統跟公雞都用期待的目光看著迦流羅。

甚至連書記長都用試探性的眼神盯著她看。

小春察覺主人身上細微的膽怯反應，她將手放進懷中，並回瞪那幫人。

迦流羅不由得向下看。副總統和公雞暫且不談——但總覺得那個蒼玉種好像對她有某種非分之想，而且背後原因並不單純。

「迦流羅。妳有辦法修復那扇門嗎？」

「咦……啊。」

聽到皇帝這麼問，迦流羅這才恢復神智。

或許靠【逆卷之玉響】能夠修復也說不定——雖然她那麼想，但在觀察「門扉」的過程中，迦流羅卻被一股沒來由的無力感折磨。【逆卷之玉響】是一種能夠讓物體時間回溯的特異能力。

但與其說眼前這個東西是物體，倒不如說那更像是一種現象。

進一步講——她總覺得是透過某個人的強烈意志力形成的。

這份心願凝聚物實在太過鮮明瑰麗。光只是看著，甚至都會有種心火如焚的感覺。

「門扉」該不會是透過烈核解放產生的吧……？

不管怎麼說，靠目前的【逆卷之玉響】，似乎無法與之抗衡。

「……很抱歉，我可能無能為力。」

現場的氛圍頓時間變得黯淡起來。

可瑪莉她們生死不明，我方也不知道要靠什麼方法才能前去搭救。

前任天子嘴裡發出「啊啊……」聲，一副頹喪的樣子，同時還像是在祈禱一般。就連姆爾納特的皇帝都眉心緊皺，陷入了沉思。那隻公雞則是說著：「我憋不住啦!!我要上了!!」，說完還想衝向那扇門，但是被現場負責警備工作的士兵攔住了。暗影在這時語帶嘆息地開口。

「我們這邊會負責搜索行蹤不明的那幾個人。你們想要自行派出搜索隊，這樣的心情我能夠體會，但只要那扇門沒有因為某些契機修復，或是受到自然現象影響，出現了別道門，你們這邊的人就不能夠跨足常世。」

「話不是那麼說的吧？」

此刻現場響起一道聲音，那彷彿冬季的天空般，既冷徹又伶俐。

白極聯邦書記長臉上堆滿笑容，一副笑意不止的樣子。

「既然魔核崩壞能夠讓門開啟，那我們用同一套手法再做一遍不就好了？」

「你在說什麼……？」

「另外還有五個魔核尚未毀壞。」

書記長接著朝背後叫了聲「比特莉娜」，後來就有個一臉不服氣的蒼玉種少女現身了。

「快放到桌上吧。」

「可是書記長……」

「無妨，身為提議者，自然應該身先士卒。」

那個蒼玉種少女——比特莉娜・謝勒菲那一副很猶豫的樣子。

然而書記長卻催促她，對她說「動作快」，於是她只好順著做了。她從上衣的內層暗袋中拿出一個小型物體，那物體的形狀就像一架鋼琴，她再把那個東西放到圓桌上。

小物件看起來很高級，發出黑亮的光澤。仔細看會發現背面還附著發條。是不是音樂盒之類的？——原先迦流羅也沒想太多，但她的感想很快就遭到粉碎。

書記長在那時若無其事地開口。

「這是白極聯邦的魔核『冰花箏』。就破壞這樣東西來打開門扉吧——為了普洛海莉亞著想，這點程度的損失根本不痛不癢。」

Hikikomari the Vampire Countess no Monmon

吸

[2]

女僕與巫女姬

我們對常世已經有點概念了。
一、這裡沒有魔核、魔力和魔法。
二、除了阿爾卡或姆爾納特這類大國，其他還有好幾十個小國分立。
三、那幾個國家分成幾大陣營，彼此之間一直在打仗。
四、聽說我的媽媽出面作戰就是為了阻止這一切。
五、為了見到媽媽，我們必須前往姆爾納特帝國。
六、我再過六天就會死掉（※重要）。
「——薇兒！這個炸蝦好好吃喔！妳吃吃看。」
「謝謝您。但我自己的份還有剩，不用了。」
「我的比較大隻，可以跟妳交換！來吧請用。」
「那個……柯蕾特小姐——」

「怎麼了？妳很困擾嗎……？」

「不，沒什麼困擾的。那我開動了。」

薇兒張口咬住插在叉子上送過來的炸蝦。

在那之後柯蕾特的臉色瞬間變得明亮起來，就好像太陽一樣，甚至還很厚臉皮說了句：「那妳也餵我吃！」張開嘴巴在那邊等著。對於這點，薇兒不置可否，打算將自己手邊的炸蝦送到那傢伙口中——

就在這個時候，我的理智彷彿在說「不管了啦」，放棄繼續堅守。

「——妳們兩個從剛才開始就在搞什麼鬼啊！？！？！？」

「喀咚！」一聲，我從椅子上站了起來，連椅子都弄翻了。

其他客人都在看這邊，似乎在納悶發生什麼事了。

「妳們沒必要互相餵食吧！又不是小孩子。」

「有什麼關係，這是很普通的事情啊。」

「哪裡普通了！我跟薇兒都不會做那種事！」

「也不想想是多虧了誰才有飯吃呢～？有意見可以回去啊～？」

「嗚……」

握緊手裡的湯匙，我死盯著桌面上看。

看起來很美味的蛋包飯正在冒著熱氣。

迷航來到常世後，第一個晚上——我們一直在受柯蕾特關照。

昨天我們好不容易才穿過森林，來到城鎮上。可是擁有常世貨幣的人，就只有柯蕾特一個。因此所有的伙食費和住宿費都需要她來出。

我能夠在床鋪上好好睡覺，還能夠吃到蛋包飯，正是因為有柯蕾特‧拉米耶魯在。

可是……話又說回來。

柯蕾特的行為實在很礙眼。具體來說就是她一直黏著我的專屬女僕不放。若是想要碰我的女僕，照理說應該要先取得我的許可才對。

「可瑪莉大小姐，難道您在嫉妒？」

「什麼……我怎麼可能嫉妒！現在我可是忙著吃蛋包飯。」

「那我來餵您吃喔。來，啊——」

我張嘴咬下，吃下去嚼了又嚼。

我把她送過來的那口蛋包飯吃下去了。

平常我絕對不會做這種事情……因為很可恥……

這時我忽然發現柯蕾特正用超殺的眼神瞪我。

這傢伙果然是盯上薇兒了。

搞不好想要把薇兒從我身邊搶走也說不定。

「……柯蕾特，其實我也想要跟妳好好相處。」

「才不要！誰要跟妳這種小矮子當朋友。」

「呿……」

這傢伙剛才說什麼來著？

她是不是隨口說了導致天地崩壞也不足為奇的超級大禁句？

不對，是我想多了。就算是那個沒禮貌到了極點的柯蕾特，她也不可能當著我的面說出這種足以導致殺人事件發生的誹謗話語——

「是沒聽到嗎？我說妳是小矮子。妳就好好享用我施捨給妳的蛋包飯吧。像個小鬼頭那樣。」

「啊……啊啊啊啊……啊啊啊啊啊啊啊啊啊啊啊啊啊啊啊啊啊啊啊啊啊啊啊!!」

「請您冷靜一點，可瑪莉大小姐。不要為了我跟人起紛爭。」

「別阻止我，薇兒，我要為了自己抗爭到底！我的怒火足以引發天異變，毀天滅地！不把這傢伙的炸蝦全部吃完難消這口氣！」

「看來妳一碰到『能夠讓身高長高的食物』，就會開開心心跑去吃呢。」

「啊啊啊啊啊啊啊啊啊啊啊啊啊啊啊啊啊!!」

「妳冷靜一點，可瑪莉。若是引發太大的騷動，搞不好會被敵人發現。」

納莉亞在這時看似傻眼地拍拍我的肩膀。

再來是艾絲蒂爾，她用很莫名其妙的方式跟風，嘴裡說著：「閣下是很高大的！器量很高大！」、「萬萬不能在部下面前出醜」——我要求自己必須保有這份屬於七紅天的尊嚴，於是處在爆發邊緣的我這才恢復冷靜。

「……不好意思。都已經十六歲了，我還那麼幼稚。」

我強壓下心中的怒火，坐回椅子上。

然後我不經意看見柯蕾特吐出舌頭，一副在挑釁我的樣子。

我的眼淚都快流出來了。不希望薇兒被這種人搶走。可是那種人請我吃的蛋包飯好好吃。我羞愧到全身都在顫抖……

「那接下來——柯蕾特，我想要召開作戰會議。」

納莉亞在說這句話的時候，嘴裡喝起咖啡。

「我們想要前往姆爾納特帝國。為了實現這點，對我們來說數一數二的必需品就是『金錢』了吧？」

「……是沒錯，若是沒有錢，什麼事都做不了。再說要通過關口，聽說還需要提出身分證明書。」

「那我們強行突破不就得了？」

「不行啦，薇兒小姐！那是違法的！」

「就是啊，薇兒，強行闖關會被判死刑，妳最好再想一想。尤其是阿爾卡那邊一副風聲鶴唳那樣子。我聽說一旦發現可疑人物，就會被他們收拾掉……」

「廣義上來說，我們算是可疑人物，這樣沒問題嗎？」

「真實身分穿幫可能會死掉吧，因為妳們感覺沒辦法靠正當的程序步驟入境。」

此時艾絲蒂爾已經眼冒金星，開始算起盤子上的豆子了。

我也想逃避現實，打算拿番茄醬在盤子上塗鴉。

「到頭來還是需要錢跟身分證明書啊……對了，我們的軍事資金大概還有多少？」

「咦？已經沒有了。」

「嗯？」

「昨天付住宿費，今天要出午餐錢，全部都花完了。」

「…………」

納莉亞這下愣住了，閉上嘴說不出話來。

可是柯蕾特卻笑著說：「沒事啦！」

「沒有錢去賺不就好了？我知道一個不錯的地方喔。」

☆

常世並沒有像想像中那麼奇特。

看起來甚至跟我所知的阿爾卡沒有太大差別。

只是在路上來來往往的行人並非只有翦劉種一個種族。

雖然沒看到像尼爾桑彼那種不可思議的種族，但另外還有蒼玉種、夭仙、獸人以及和魂種，有各式各樣的種族存在。甚至是理當跟阿爾卡處於敵對關係的吸血種都在這邊大方走動。

「這裡是阿爾卡吧？但是除了翦劉種，好像還有很多種族。」

「這裡在阿爾卡境內享有治外法權。不屬於王國政府管轄，而是經由公會營運的中立都市，所以就算我們這樣的吸血鬼在外頭走動也沒關係。」

「是喔……？」

「我們到了。」

柯蕾特帶我們來的地方，是一棟位在城鎮中心地帶的巨大建築。

看板上寫著意思像是「傭兵組織」之類的字眼。不過常世的文字跟我們在用的文字，形式上有微妙的差異，我猜得正不正確，自己也沒什麼把握。

柯蕾特稍微躊躇了一下，接著才將門打開。

過沒多久，大量的歡笑聲就傳入耳中。

緊接著是酒類和餐點的香氣，紛紛飄了過來。

艾絲蒂爾皺起眉頭問：「這裡是什麼地方？」

我朝裡頭觀望，發現是一大堆身強體壯的男人坐在桌子前面大擺宴席。

我看向柯蕾特，希望她能說明一下。

但不知道為什麼，她卻躲到薇兒背後去。

「柯蕾特小姐？您怎麼了？這熱鬧的地方究竟是……」

「這裡是……傭兵公會啦！這個地方負責管理傭兵集團那類的。」

傭兵？好吧的確，這裡聚集了很多看起來裝扮像傭兵的人……

沒將我的困惑看在眼裡，納莉亞用雙手拍了一下，帶著笑意開口：「原來是這麼一回事啊。」

「只要成為傭兵就能夠拿到身分證明書對吧？」

「對……對啊！聽說最近戰爭越打越激烈，戰力好像都不夠用。所以就算是身分可疑的人，好像也能夠輕輕鬆鬆登錄成為傭兵喔。據說這裡還會幫忙介紹工作。」

「那柯蕾特妳為什麼要躲起來？」

「因為……這裡給人的感覺比預料中更加『排斥女孩子』。」

聽到她那麼說，我試著放眼觀察公會內部。

那裡有很多拿著危險武器的男人，每當他們大聲吆喝，柯蕾特就會嚇到肩膀顫抖。

可是我跟第七部隊相處後，對這樣的景象早就司空見慣，算得上是不為所動。

不行。身為稀世賢者，應該要像柯蕾特那樣，顯得很害怕才對。

「不會有事的，柯蕾特小姐。若是真的發生什麼事了，妳還有我可以依靠。」

「薇兒……！謝謝妳。」

柯蕾特改用她的額頭不停磨蹭薇兒的女僕裝。

這行為足以把我的腦燒壞。

這傢伙……居然敢當著我的面做那種事情……!?

「妳冷靜一點，可瑪莉。說起薇兒海絲心中的第一位，無論如何還是非妳莫屬。」

「可是……每次薇兒對柯蕾特用溫和的語氣說話，我都很想深蹲大吼。怎麼會有這種心情出現，真讓人搞不懂……」

「看來妳病入膏肓了……」

納莉亞在那時嘆了一口氣，這時不知從哪傳來一陣沒水準的歡呼聲。

我回過神才發現公會裡的人都在看我們。

「喂喂！有一群華麗的客人來了呢。」

在那之中看起來人特別壞的一名男子大剌剌靠近我們。

這個翦劉種留著雞冠頭。而且他後面跟了一群男子，身上裝備棍棒和鐵鎚之類的東西，身材都顯得孔武有力。不管是哪個傢伙，面相上看起來都明顯像是會殺人的樣子。

艾絲蒂爾嘴裡「嗚……！」了一聲，人躲到我背後去。

妳的心情我明白。若是我有辦法逃跑，我也想逃。

可是薇兒背後已經被柯蕾特占領了，於是我就只能站在首當其衝的位置。可惡。

「妳們幾個在野餐啊？也讓我們加入啊。」

現場揚起一陣哄笑聲。沒品的吹口哨聲自各處此起彼落。

納莉亞對這樣的情況很傻眼，她上前一步。

「做什麼？找我們有什麼事？」

「噢——好怕好怕。妳的警戒心不用那麼強嘛。我們會當護花使者，免得妳們被這邊這群猛獸吞噬掉。」

「我看猛獸指的是你吧？」

「好過分喔！這天底下找不到比我更紳士的男人了！」

有好幾名男子將入口的那扇門擋住。

至於在公會裡的那幫人，他們看我們的眼神完全就像在看獵物一樣。

咦？這是什麼情況？我們突然間就被這群人糾纏了？

「可瑪莉大小姐，我可以發射『專門用來毒殺雞冠頭男的毒氣』嗎？」

「不要啦!?殺了就沒辦法復活耶!?」

只可惜不知不覺間，我們已經遭人團團包圍了。

這群人……雖然同樣很暴力，但是在某些地方又跟第七部隊不太一樣。

「妳們來這邊是要委託什麼工作啊？我們『龍之首』可以幫忙解決喔。別看我們這樣，我們可是屬於上級傭兵團吶？是這裡最強的。要不要說說看，是不是要我們搶劫殺人？還是要當護衛？但不管選哪一種，我們的收費都很高喔——」

「別碰我。」

啪！

那個雞冠頭原本想要去碰納莉亞的身體，手卻被她打掉了。

那個人「咻——」地吹了一聲口哨，向後退一步。

「妳這女人有意思。」

「但我覺得不快，再說我們也不是要來委託任務的。」

「啊？那妳們來這邊做什麼。」

「我們是來當傭兵的。」

雞冠頭他們的眼神頓時間呆愣了一下，表情彷彿聽到某種低劣的玩笑話似的。最後這群人紛紛「噗哈哈哈哈哈!!」地大聲狂笑。

「喂喂喂！拜託不要逗我們笑好嗎！像妳這樣的小姑娘要來當傭兵!?知道了知道了，要不要加入我們的隊伍啊？我們會好好疼愛妳的。」

「你們還真是一群人渣……可瑪莉，妳快說說他們啊。」

「咦？」

我被納莉亞拉到雞冠頭前方站著。

那幫人用狐疑的眼神望著我。

「——妳算老幾？乳臭未乾的小鬼回去當家裡蹲睡覺覺啦。我要找的是那個桃色頭髮的。」

……嗯？小鬼頭？

剛才他是不是說「小鬼頭」了？我明明跟納莉亞同年耶？你是憑哪一點做這種判斷的啊？——但我都還沒來得及抓狂，旁邊就已經有某種東西斷裂的「噗滋」一聲傳來。

不知道是什麼時候的事，薇兒已經換上冷酷的表情，正抬頭看那個雞冠頭。

「……這位雞冠頭先生。這邊這位大人可是黛拉可瑪莉・崗德森布萊德七紅天大將軍。」

「那是什麼？七紅天？」

「看來可瑪莉大小姐太緊張了，我來負責口譯吧——『你們少在那糾纏我們，看不起我們啊。』。」

喂，等等。

「『尤其是那個雞冠頭。看我在旁邊悶不吭聲聽著就得意忘形，還說什麼「家裡蹲」，什麼「小鬼頭」。若是我拿出真本事，像你們這種人，靠一根小拇指就能燒成焦炭。』」

先等等啊，不要說這種可能會引發爭鬥的——

「『快滾吧！在我眼睛變紅之前走人，否則我會殺了你們。』——以上就是可瑪莉大小姐要說的話。」

「…………………………」

我知道女僕是為了我才發飆的。

但不至於把話說成這樣吧。妳表情明明那麼冷靜，所作所為和所說的話卻跟狂戰士沒兩樣啊。我看妳果然就是第七部隊的一員沒錯——如此這般，我心中懷抱絕望，甚至都已經看淡生死了。

「妳……妳這個……可惡的死小孩!!」

就在那瞬間，雞冠頭發飆了。連帶他周圍那些男人也跟著抓狂。

之所以沒有把武器都拔出來，是因為他們身上還保有理智吧。可是對方的剛強臂膀已經按捺不住了，使出渾身解數打來一記右直拳。艾絲蒂爾這時在我背後發出「啊哇哇哇」的怪聲。我覺得自己這下完蛋了。總之要先避免薇兒受傷，於是我跳到她前面——

滋噹。

那時我感覺好像有某種東西切換過來。

「什麼……」

無論過了多久，該來的衝擊都沒有造訪。

我害怕得睜開眼睛觀看，卻發現雞冠頭維持揮舞拳頭的姿勢，像一張照片般定格。不僅如此，他身邊那些跟班也全身冷汗狂冒，動作都停擺了呢。

手裡拿著暗器的薇兒看似疑惑地皺起眉頭。

這時我才注意到一件事。

我眼裡看見某樣發光物體。

這個是……絲線？原來這房間裡有搭上這麼銳利的絲線啊？

「——這可不行，若是欺負弱者，那人不就跟蟲子沒兩樣了。」

滋噹。滋噹。滋噹。

某種東西切換的氣息斷斷續續來襲。

遲了一下子，我才發現那是彈動琴弦發出的聲音。在場所有人都往公會內側看——奇怪的是那邊還設置了一間天照樂土風格的和室。

裡面有一名少女跪坐著。

這人雙眼都被一片帶狀物體遮住。

她身上穿著搖滾風格的和服，但又散發一股具備宗教色彩的神祕感。每次她動動手，就會有「滋噹滋噹」的聲音響起，她在演奏像是琵琶的物體。

「『骸奏』……妳在呀……」

這句話來自雞冠頭，他說話時顯得戰戰兢兢。

那個被稱為骸奏的少女面露微笑，臉頰上還浮現薄薄的紅暈。

「阻擋他人去路，這樣的行為可不值得讚許。她們想做什麼，就讓她們去做吧。畢竟在這個悽慘的世間，連何時會丟了性命都不曉得……」

我感受到一股不尋常的氣息，讓我一時間說不出話來。

納莉亞、薇兒、艾絲蒂爾和柯蕾特也都愣住了。

這個人……這個人好像有些不尋常的地方——我有這種感覺。

© riichu

☆

不管怎麼說，我們還是在傭兵公會裡面登錄好了。

這裡完全沒有任何審查機制之類的。只要告知姓名和種族，一下子就能審核通過。就跟柯蕾特說的一樣，判斷基準變得很鬆散。

至於傭兵的工作，就是要去完成人們來委託公會的任務。

成功了就可以拿到報酬。聽說在傭兵界的分級還能夠因此提升……不過這部分應該不是很重要吧，我們需要的就只有金錢和身分證明書。

「恭喜您，可瑪莉大小姐。今天是傭兵集團『可瑪莉俱樂部』成立紀念日。」

「妳說可瑪莉俱樂部，那是什麼啊？」

「是我們隊伍的名字，在公會卡上也有確實記載喔。」

「啊!?」

嚇了一跳的我，目光落向那張卡片。

我發現姓名旁邊寫著〈傭兵團　可瑪莉俱樂部成員〉。

……這是什麼!?未免太羞恥了吧!?我要回櫃檯那邊請他們訂正，剛想到這邊，

我正打算折回去，手卻被薇兒緊緊抓住。

「可瑪莉大小姐是隊長，所以叫『可瑪莉俱樂部』最合適。對吧，艾絲蒂爾。」

「有、有道理！我覺得這個名字非常帥氣！」

「妳不用那麼客套啦，艾絲蒂爾!?總而言之這樣的隊名，我是不會認可的！」

再來換柯蕾特，她出聲抗議說了句：「就是啊！」

「為什麼隊長是黛拉可瑪莉在當!?這種矮不溜丟的雜碎根本就不配當隊長。」

「我哪裡矮不溜丟了!!」

「起碼我敢說她不是雜碎。另外若是要變更傭兵集團的名稱，需要花上十萬涅可法，不建議那麼做。會讓您今天的晚餐只剩下一根豆芽菜。」

「怎麼會有這麼邪惡的操作！」

我當下心情變得好沮喪，整個人垂頭喪氣。

可惡……偏偏在這種不痛不癢的地方跟我作對……

就算了吧。反正只要不主動報上名號，說：「我是可瑪莉俱樂部的！」那就沒關係了。

我懷抱無奈的心情離開公會。

緊接著有一聲「滋噹」的琵琶彈奏聲緊貼在我背後傳來。

「——我覺得那很棒啊，傭兵集團『可瑪莉俱樂部』。跟妳美麗的心靈非常搭調。」

那人說話的聲音好優雅。

這時我才突然想到一件事，那個人是從雞冠頭魔掌中救下我們的人。

她身上穿著非正統樣式的出家人僧袍。雙手都插在口袋裡，慢慢朝我走了過來。眼睛的部分被一條帶子遮住，讓我看不出她眼睛的顏色是什麼顏色。

「妳的心靈真的很美麗。只是待在妳附近，就能聽見安穩的音調。」

「妳是誰呀，身上的打扮好奇怪。」

別這樣啦，柯蕾特。未免也太失禮了吧。

可是那個女孩似乎一點都沒有放在心上的樣子，而是對我們一鞠躬。

「我是特萊梅洛．帕爾克史戴拉。若是要用旁人較容易懂的說法來介紹，那我便是被稱為『骸奏』的傭兵，或是稱我為四處旅行的琵琶法師。」

特萊梅洛將手從口袋中拿出來，想要跟我握手。

我趕緊回握她的手。她的手好纖細。

「那個……剛剛謝謝妳的幫忙。我叫做黛拉可瑪莉．崗德森布萊德。多虧有特萊梅洛，我才沒有被揍。」

「不，黛拉可瑪莉小姐用不著我出手幫忙，還是有辦法突破困境吧。」

「沒那回事。若是照那樣繼續發展下去，我的臉早就爛到跟泡芙一樣了。」

「就是啊就是！黛拉可瑪莉是連薇兒腳跟都不如的雜碎！」

喂，不要看我表現得那麼謙虛就便宜行事。雖然那是事實，害我也沒什麼話好說的。

這時特萊梅洛「呵呵呵」地笑了，臉頰還變得紅紅的。

「能夠遇到像妳這麼德高望重的人，那我也沒必要拋棄這憂煩的俗世。俗話說能夠擦袖偶遇也是前世修來的緣分——我們能夠像這樣相遇，都是因為有美好的因緣牽線。我想我們一定還會再見面的。」

「啊……」

對方的手突然間放開。接著那個女孩就轉過身，踩著沉靜的步伐離去。

……總覺得那個人身上散發的氣息，讓人感到不可思議呢。

「琵琶法師」是專門演奏樂器的人嗎？下次我要仔細問問她——才剛想到這邊，薇兒就換上認真的表情，小聲叫著我：「可瑪莉大小姐——」

「請您多加小心。會像那樣用別具深意的方式登場，這種人很有可能是脫離常軌的壞蛋。舉個具體的例子，就好比是在夭仙鄉店鋪裡遇過的尼爾桑彼。」

「太失禮了吧，特萊梅洛還幫助過我呢……」

但是在某種程度上多加注意一下，也沒什麼損失吧。

都怪我之前思考模式太過樂觀，一路走來才會付出那麼慘痛的代價。

※

「骸奏」特萊梅洛・帕爾克史戴拉的手一直插在口袋裡，人在小巷子裡走著。

剛才遇見的那名少女，她的聲音在腦海中迴盪。

尤其是來自黛拉可瑪莉的那份溫暖，在特萊梅洛心中深深地迴響著。

怪不得她會擁有那麼強大的意志力。

可是——還有另一個問題將特萊梅洛的意識牽引過去。

她一直在偷聽那幫人和公會職員的對話，已經知道她們分別都叫什麼名字了。

是黛拉可瑪莉、納莉亞、艾絲蒂爾、薇兒海絲。

另外還有柯蕾特……柯蕾特・拉米耶魯。

「她平安無事就好，這樣也不枉費我特地找阿爾卡的護送車出手。」

特萊梅洛從袈裟內側拿出一份報紙。

標題上大大地寫著『阿爾卡和姆爾納特的關係出現裂痕』。看樣子戰亂將會進一步擴大。

柯蕾特之前被阿爾卡抓起來。

將她祕密救走甚至偷偷放下旅途用資金的人，正是特萊梅洛。

她還偷偷尾隨柯蕾特一行人到現在。但既然她能夠受到那個看來心地善良的吸血鬼庇護，想來也不用太擔心了吧。為了讓這個世界變得更美好，她應該要開始著手做別的工作了。

就在這個時候，她感受到一股來自他人的氣息。

從小巷子裡，有一大票男人現身了。那是前不久還待在公會裡的傭兵們。

在這群人之中，甚至還有剛才去找黛拉可瑪莉一行人麻煩的雞冠頭。

「——喂，『骸奏』。妳剛才居然敢讓我們丟那麼大的臉。」

手裡拿著已經出鞘的武器，雞冠頭一雙眼睛狠盯著特萊梅洛。

啊啊，這個世間是如此令人憂傷。

因為國與國都在打仗，有許多人變得很悲傷，還有很多人死得很悽慘。

特萊梅洛一直期望「這世界上就只有心靈美麗的人存在」，但要成真還很遙遠……

「我要把妳這個臭娘們殺了。論實力，我們可是比你們那團還要厲害好幾倍。」

「就是啊就是！今後將會是我們『龍之首』的天下！」

「『星砦』的時代已經結束了。」

——『星砦』。

在常世這邊，就只有十三個月級傭兵集團，它便是其中之一。

特萊梅洛·帕爾克史戴拉是裡頭的成員之一。

因此被一些想要往上爬的傭兵謀奪性命已經是家常便飯了。

但這次的對手未免也太——

「啊啊……還固執於世俗之事啊。見識何其淺薄。」

「少在那邊說些讓人聽不懂的話!!我要把妳宰了!!」

「那我就有必要消滅你。這都是為了『夕星』。」

「啊?——」

滋噹。滋噹。

特萊梅洛輕輕撥動琴弦。光只是這個動作,雞冠頭就被切碎成好幾塊,一塊塊掉落到地面上。眼見自己的夥伴在飛濺的血花中喪命,這群男人看著那具屍體,一群人渾然忘我地站在原地。但他們似乎很快理解敵我雙方的實力差距有多大。於是這群人就像蟲子一樣,連滾帶爬逃跑。

「雖然我一度認為這憂苦的世間還不至於該被拋下——但果然還是無法讓人抱持期待。」

特萊梅洛再度拉動琴弦。

人們隨即發出盛大的慘叫聲。這群男子的身體逐漸遭到肢解。血肉飛散開來,弄髒地下的石板路。

連一個人都逃不過。
因為心靈汙穢的人就該死。

※

「可惡……這個汙垢也太頑固了吧……」
我一直在擦拭巨大的窗戶。
抹布都已經變得烏漆抹黑的了。好像是這個宅邸裡的孩子們搗蛋亂畫才會變那樣。
來到常世的日子已經進入第三天——也就是說再過五天，我就會面臨死亡的命運。
傭兵集團「可瑪莉俱樂部」是「火級」，也就是處在最低階的層級中。火級能夠承接的工作，都是一些細碎的雜事，於是我就來到鎮上大人物的家宅中，換上女僕裝打掃。
做是做了——但這個工作是怎樣？簡直是重勞動中的重勞動啊？
我提水桶提了好幾遍，手都在抽筋了。我看這下肯定會演變成肌肉酸痛。我還是第一次挑戰七紅天以外的職業，真沒想到女僕的工作內容那麼辛苦。以後我也要幫忙薇兒分擔一些工作。

……另外就是——那個薇兒和納莉亞結伴，一起去接擊退盜匪的委託任務。因為女僕工作就只有三個職缺，於是就變成我、柯蕾特和艾絲蒂爾來應徵。

「——哎呀，崗德森布萊德小姐。辛苦了。」

這時突然有個和藹可親的翦劉種老爺爺過來跟我說話。

他是這間宅邸的主人，同時也是委託人。

「不好意思啊。房子很大，打掃起來很累吧？」

「你放心……您放心，我對自己的堅忍度很有自信。」

「哈、哈、哈，聽起來真是太可靠了——其實我們這邊也因為人手不夠正在發愁呢。方便的話，要不要以正式女僕的身分讓我們僱用看看？」

「咦？那樣有點……但我是可以考慮一下……」

「沒關係不勉強。畢竟最近戰亂擴大，阿爾卡的軍隊甚至入侵到中立區域。我們原先僱用的僕人都很害怕，紛紛返回故鄉了——」

聽老人講，姆爾納特和阿爾卡之間的戰事似乎越演越烈。

戰火都殃及無辜的城鎮了，但是政府為了戰爭苛捐雜稅，而且還變本加厲，據說國內各處都有難民湧現——看來常世這邊的情況比我們想像中的更加危險。

「就算待在這個城鎮裡，也很難斷言絕對是安全的。崗德森布萊德小姐若是覺

© riichu

得人身安全有危險，到時就趕快逃吧。擦窗戶那種事情晚點再做沒關係。」

把這些話說完後，老人就離開了。

豈止是人身安全有危險，我五天以後還會死掉。

這下到底該怎麼辦啊——帶著惶恐的心情，我又開始擦那些窗戶。

就在這時，我聽見庭院那邊，傳來好大的喊叫聲，內容是「啊啊啊——好累啊——！」

「這是在搞什麼啦！根本就是重度勞動，而且還比想像中重百億倍啊!?」

柯蕾特・拉米耶魯將用來修剪樹枝枝條的剪刀扔掉，人癱坐在地面上。

這個少女被交派的工作是打理庭院。但那片疑似被她整理過的草坪，就很像是睡完覺剛起床的納莉亞一樣（也就是頭髮睡到亂糟糟），全都變得亂七八糟的。

這樣下去沒問題嗎？對方該不會反過來要求我們賠償吧？

「請妳再忍耐一下，柯蕾特小姐。我們必須同心協力賺取金錢——這是什麼啊!?草坪都變得像鳥巢一樣了!?」

一直在搬運資財的艾絲蒂爾忽然發出驚訝不已的叫聲，人都嚇到仰天了。

柯蕾特嘴裡「嗚！」了一聲，一臉尷尬地別開目光。

「我只是稍微手滑了啦。又沒做過這種事情……」

「既然沒做過，妳就要說出來啊！啊啊啊……若是不快點想想辦法……總之我會負責整理，麻煩妳去協助閣下吧。」

「好——……」

她看起來一臉不服氣的樣子。

柯蕾特接著走到我旁邊。

「沒想到柯蕾特意外地笨手笨腳。」

「妳說什麼，矮冬瓜。我看妳才是連窗戶都擦不好吧。」

「我不是矮冬瓜，而且我都有在好好擦窗戶啦！人家還來褒獎我，跟我說辛苦了！」

「那樣不算褒獎好不好。啊——啊……若是我能夠跟薇兒小姐待在一起該有多好～」

柯蕾特撿起掉落在地面上的抹布，將那樣東西扔到水桶裡。

再拿著這條被汗水沾溼的抹布，老大不客氣地拍到窗戶上。

「喂，別這樣。要確實扭乾。而且那邊剛才我已經擦乾淨了。」

「咦？是這樣喔？打掃還真難。」

我嘴裡發出一聲嘆息。

「……妳該不會是哪家的千金小姐吧？是不是連打掃家裡都要叫女僕去做的那種？」

「算是啦，說我是千金小姐，也像是千金小姐沒錯。雖然剛出生的時候是平民，但是幾經波折後，我變成拉米耶魯家的養女了。」

「嗯嗯？拉米耶魯家是貴族那類的？」

「不是貴族……可是在姆爾納特帝國裡算是很特別的『巫女姬』家族。能夠看見未來，還能夠使用占卜術，一直在支撐這個帝國。聽說打從六百年前就有這個家族了，但詳細情況我不是很清楚。」

……在我熟悉的那個姆爾納特帝國裡，可是沒有巫女姬這種東西呀？

但我總覺得那是很重要的資訊。我看我還是進一步詳細打探好了——原本是這樣想的，柯蕾特卻先開口說了句「喂，小矮子」地改變了話題。

「妳是不是喜歡薇兒？」

「啊……？」

我先是表現出有點困惑的樣子，接著才給出答案。

「問我喜不喜歡，算是喜歡沒錯……」

「妳是從什麼時候開始跟薇兒在一起了？」

「這個嘛——那傢伙第一次到我房裡來的那天……好像是在去年四月吧？其實早在更久之前，我們就已經在學院裡面碰過面了……這件事怎麼了嗎？」

「唔嗯——」

柯蕾特當時在扭轉毛巾，臉上還浮現別具深意的表情。遲鈍的我哪能推測出她心中在想什麼。最後她用沉靜的語氣說了一句「其實——」。

「其實我原本有個兒時玩伴。」

「是這樣啊？」

「嗯，那個兒時玩伴的名字叫『薇兒海絲』。」

我的心在那瞬間狂跳了一下。

話說「薇兒海絲」這個名字並不罕見。因為在姆爾納特帝國的古代語中代表「天上的寶石」，因此常常會被拿來替女孩子命名。

「是、是喔。那柯蕾特的兒時玩伴薇兒……是什麼樣的女孩子？」

「她是心地善良的女孩。還有她很內向，做事情比較溫吞。若是沒有我跟在她身邊，她常常什麼都做不好。我們兩個是最要好的朋友……可是當村莊遭受戰火襲擊，我們就被硬生生拆散了。」

「咦……」

「不知道是來自哪個國家的軍隊，但他們突然朝村子進攻。大家的房子都被毀掉，人們妻離子散。那天下了很大的雷雨，還有很多人行蹤不明。這之中也包含薇兒……在那之後，我就一直在尋找薇兒……」

柯蕾特話說到這邊就閉口不語了，而且莫名有種像是在懺悔的感覺。

這樣害我沒辦法集中精神擦窗戶。因為她忽然談起比啞鈴還要沉重的話題。

「……妳說的這件事，是發生在什麼時候？」

「大概六年前。」

柯蕾特口中發出嘆息聲，隨後抬頭仰望藍天。

「這六年來，我一點線索都沒有，都已經找到讓人不禁猜測她被神帶到別的國度去了……所以在森林裡遇到薇兒的時候，我才會驚訝得要死。」

「可是那個薇兒不是柯蕾特的兒時玩伴啊？」

「這我知道。性格完全不一樣，頭髮的顏色也不一樣，再加上胸部很大……最重要的是，她完全不記得我。」

「…………」

「但我還是不願意放棄最後一絲希望，這樣的心情，妳能體會吧？外觀上不一樣是因為長大的關係，我能夠隨便找些藉口來搪塞，再來就是……那個女孩是不是喪失記憶了？」

這我倒是沒聽說過。

「沒有啊……而且那傢伙還有家人在喔？」

「說得也是啦，哪有可能這麼剛好。」

柯蕾特吹起口哨，再度擦起窗戶。

但不知道為什麼，我的胸口卻出現騷動感。

薇兒有沒有可能就是柯蕾特的兒時玩伴？

我覺得……應該不可能。因為薇兒還有一個祖父。

「……柯蕾特妳會那麼黏薇兒，是因為她身上有妳兒時玩伴的影子？」

「這也是部分原因，但其實我挺喜歡薇兒的。」

「那傢伙哪裡好了？」

「她從暴徒的手中救下我啊？而且之後還處處為我著想，我沒遇過這麼溫柔的人——另外她的表情好酷！真的好帥氣喔。」

「不……說這種話很像在潑妳冷水，但那傢伙可是變態喔……？」

「妳在說什麼啊？變態的是妳才對吧，讓薇兒穿女僕裝會顯得很高興的那種。」

「什麼!?」

「為了不要讓變態病進一步傳染給薇兒，我要把她搶走！讓她別當妳的女僕，來當我的朋友，這樣對薇兒來說會更好！」

「開什麼玩笑！她可是我們家僱用的女僕啊！」

「喔是嗎？可是薇兒要待在哪裡，要讓薇兒自己來決定。」

我嘴裡發出一聲：「嗚！」當下詞窮說不出話來。

雖然以前女僕曾經被絲畢卡搶走……但這次卻有著微妙的不同。絲畢卡會那麼做是在執行策略，為了把我逼到走投無路，但這次柯蕾特卻是她本人真心想要薇兒。

而且這傢伙還擁有足夠的熱情和力量，可以實現她的心願……我有這種感覺。

雖然目前還沒有任何根據。

到頭來，我心中那種謎樣的鬱悶感一直無法消除，就在這樣的情境下打掃。

……總之還是先叫柯蕾特別掃了吧。妳在這邊只會越弄越髒。

☆

今天的工作結束了。當太陽下山，城鎮就被寂靜的黑暗包圍。

在沒有魔法的世界裡，不存在魔力燈這種設備。相對的月亮和星星卻異常閃亮，或許是因為這裡有兩顆太陽在的關係。

不過我也沒錢在夜晚外出遊玩就是了。

我現在要想的只有一件事，就是好好休息，養精蓄銳。

所以說——

「啊啊啊啊啊……浸透到全身各個角落……我感覺自己好像活過來了……」

我肩膀以下都浸泡在熱水裡，嘴裡發出好大的嘆息。

是納莉亞提議的，她說：「我們去泡澡吧！」聽說旅店那邊的浴池可以免費使用。我做完過分沉重的勞動工作後，人正好變得疲憊不堪，這對我來說簡直就像是天賜恩惠，害我再也說不出當著大家的面裸體很可恥這種話。

「勞動完泡個澡真是特別享受……我覺得我的心情就好像在脫殼的蟬……」

「可瑪莉大小姐，您好像很疲憊的樣子，讓我為您做胸部按摩吧。」

「不要這樣直來直往性騷擾啦!!」

那個變態女僕想要過來搓揉我的胸部，我趕緊跟她拉開一段距離。

真是狗改不了吃屎，不能對這種人掉以輕心。現在就只有艾絲蒂爾身邊稱得上是我的安全地帶。

「請問……閣下？找我有什麼事嗎……？」

「艾絲蒂爾妳是現場唯一的正常人，所以我跟艾絲蒂爾待在一起就好。」

「這、這是我的榮幸！請讓我跟您待在一起！」

艾絲蒂爾的動作變得好僵硬。

咦？她是不是在顧慮我啊？為了排解她的緊張情緒，我看我來幫她按摩一下好了——當我想到一半，納莉亞就起頭說了句「那接下來——」。

「今天賺到的收入還算不錯。照這個樣子下去，只要工作三個月就能夠賺到足夠的旅費了。」

「三個月!?我不想擦那麼久的窗戶啊!?」

「就算真的想那麼做也辦不到，因為可瑪莉大小姐再過五天就會死。」

「咕唔唔……」

對喔，還有再過不久就會死的問題存在。

我是否能夠平安無事見到媽媽？

「這樣下去根本沒完沒了。就算我們一點一點做著傭兵的工作，也還是沒辦法回到原來的世界去吧。所以等到天亮了，我們就離開這個城鎮吧。」

「要出去？我們又沒有錢？」

「我已經跟公會借到了。當我亮出我的雙劍，對他們表示『拿這個做抵押也行』，他們的眼神就變了。」

「先等等啦!?雙劍對納莉亞來說不是很重要的東西嗎……」

那個桃紅色的少女微微地笑了一下。

「妳真的很會為他人著想呢。但只要在期限之前把錢還清，我就不用把雙劍抵押給他們。這沒什麼好擔心的。」

「也許妳說得對……但我什麼都做不了，覺得好汗顏喔……」

「那就來當我的女僕吧。可瑪莉算是我的妹妹，以後妳就是女僕妹妹。」

「那樣很丟臉耶，還是不要好了。」

我是從什麼時候開始變成妳的妹妹了。
總而言之言而總之，這下金錢上的問題似乎能在某種程度上獲得舒緩。
雖然我覺得這樣根本就像拖延問題，但是去想那些也沒什麼幫助吧。
因為我們必須盡快去見那位「宵闇英雄」。
……不曉得抵達姆爾納特後，會發生什麼事情？
能夠見到媽媽固然讓人開心。可以回到原來的世界（或許）也很讓人高興。
可是我心中卻留有兩樣疑慮。
第一個就是即將迎來死亡的命運。
另一個是柯蕾特放話說要「搶走薇兒」。
之後必須殺紅眼解決的問題，明顯是前者。
可是後面這項問題卻讓我心裡一直有種悶悶不樂的感覺。
雖然那只是我的直覺，但我總覺得對柯蕾特置之不理會很不妙……
「——可瑪莉大小姐？您怎麼了？」
不知道是從什麼時候開始的，薇兒已經在盯著我看了。
我慌慌張張轉移視線。
「沒什麼！我是在警戒，怕妳做出一些變態行為。」
「也就是說您在想我了吧。可不能讓可瑪莉大小姐寂寞到哭泣，我們今天一起睡同一張床吧。」

「喂，不要過來黏在我身上啦！艾絲蒂爾拜託妳了！快點展開艾絲蒂爾防護罩！」

「咦!?閣下!?這……這個……」

「怎麼了？艾絲蒂爾，難道妳打算阻撓我和可瑪莉大小姐相親相愛嗎？」

「我完全沒那個意思！可是這好像會引發公序良俗問題……在洗澡的時候做那種親密舉動好像……」

「居然敢開口質疑上級長官做的事情，妳膽子很大嘛。當作是懲罰，妳要裸體跳舞。」

「很抱歉!!我明白了!!」

「快住手，艾絲蒂爾!!別跳啊!!」

為了遵守命令，艾絲蒂爾站了起來。

我趕緊出面制止，可是趁人之危的薇兒過來抱住我，封住我的行動。納莉亞則是光顧著「啊、哈、哈！」笑，都沒幫忙做些什麼。自從我們來到常世後，情況明明就很不妙，這幫人卻顯得過分悠哉——事情就像我說的那樣，雖然覺得很傻眼，但看到夥伴們都沒有太大的改變，我暗自鬆了口氣。

唰啦——!!

© riichu

才鬆到一半，某個人就夾帶超強的氣勢站了起來。

柯蕾特的臉頰都鼓起來了，她一雙眼死盯著我們兩個。

「我要走了！」

薇兒那時似乎有點驚訝，眼睛還睜大了。

我當下只覺得一頭霧水，整個人定在那邊。當作沒看到這樣的我，柯蕾特在熱水裡「唰啦唰啦」地走動，從浴池這邊離開。納莉亞口中「哎呀呀」了幾聲，露出看似困擾的苦笑。

「她是在吃醋吧，因為薇兒都只顧著關心可瑪莉。」

「唔…………」

這時薇兒換上凝重的表情，原本在揉我肚子的手也停住了。

猶豫了五秒鐘後，她慢慢站了起來。

「……我去找柯蕾特小姐。若是這個隊伍中有人不合群，那恐怕會對今後的活動造成阻礙。」

「好啦好啦，要去就去。」

目送全裸的女僕離去時，我心中產生奇妙的焦躁感。

那傢伙會跟柯蕾特說什麼呢？我那逐漸變得敏感的偵測器一直警鈴大作，在告訴我「不能放任她們兩個人獨處」……

「可瑪莉還真是愛操心。」

納莉亞接著抬頭仰望天花板，慢條斯理地說了這麼一句話。

「看到薇兒海絲在關心自己之外的女孩，妳覺得很嫉妒吧？但是去想那種事情沒什麼用，沒用沒用。」

「我又沒有在想那個。薇兒要跟誰變得要好，那都是她的自由。」

「想要獨占某個人的心情，我很能體會。像我就希望可瑪莉能夠一天到晚當女僕在我身旁侍奉。」

「妳不要擅自解讀我的心情啦！還有我是絕對不會當女僕的。」

「妳臉上寫著『猜中了』——可是要獨占是很困難的。就好比是凱特蘿，比起主人，對她而言還是有很多事情是更需要她看重的。要能夠接受他人在這方面的苦衷，與他們友好相處，這樣才算得上是一個稱職的君王。」

「唔唔……」

聽起來確實滿有道理的。我沒權利去否決那傢伙的人際關係。

再說——就跟納莉亞講的一樣，又沒必要特意去否決。

因為在吸血動亂發生的時候，我們都已經確認過了。

那傢伙說我的血很甜美。

還對我說「無論何時都會待在您身邊」。

假如這句話是在講假話，那我有可能會腦袋錯亂，開始裸體跳舞也說不定。

「……納莉亞說得沒錯。我應該表現出稀世賢者該有的風範，對這件事沉著看待。」

「那樣才像可瑪莉！妳是要跟我一起征服世界的最強吸血鬼！若是為了這點小事就鑽牛角尖，殺戮霸主的名號都要廢掉了。」

「妳是不是六國新聞看太多啦？聽說看多了會變笨喔？」

納莉亞的反應是「啊、哈、哈」笑。這是在開玩笑還是認真的，我看不出來。

不管怎麼說，我就別去管薇兒的事了吧。身為強者應該要時常表現出泰然自若的樣子——這時艾絲蒂爾突然用快哭出來的聲音喊了一聲「閣下——」。

「請問……我必須跳到什麼時候……？」

「妳一直跳個沒停嗎！？！？！？」

我們在談那麼嚴肅的話題，這孩子都在旁邊做什麼啊。太過認真也是個問題——不對，明明都知道艾絲蒂爾是怎樣的性格，卻仗著自己權力比較大就下那種命令，那個女僕才有問題。

我跟納莉亞趕緊制止艾絲蒂爾，不讓她繼續做那種奇怪的事情。

身為上司，我有必要罵一罵那個變態女僕。

說到這邊才想到，她是不是說了「今天我們睡同一張床吧」？

那我就能夠在床上處罰她啦？一旦薇兒閉上眼睛，我就在她耳朵旁邊吹氣。只要我跟她說在她道歉之前都不會收手，那傢伙肯定會深深懺悔吧——不知道為什麼，我的心情變得好雀躍，同時準備離開這座浴池。

☆

「很抱歉，可瑪莉大小姐。今天我要跟柯蕾特小姐一起睡覺。」

「……咦??」

我們租了一間兩人房和一間三人房。

我在三人房那邊為就寢做準備，等待薇兒到來。

可是那傢伙一回來就如此宣告。

「抱歉我違反約定，但我跟柯蕾特小姐要一起住那間兩人房。」

「……是這樣啊？嗯——……那也沒關係呀？反正妳也只是口頭約定，再說我又沒有真的答應。這樣我反而能夠獨自睡個好覺，在夢中的世界徜徉，萬萬歲啊。」

「原來是這樣？那就先跟您說聲晚安了。」

「嗯，晚安。」

砰。房間的門跟著關上。

我聽見薇兒的腳步聲越離越遠，當下便陷入沉默。

……啊？這是怎麼一回事？為什麼那傢伙要跟柯蕾特一起睡覺？她強迫艾絲蒂爾裸體跳舞，我原本還預計要給薇兒懲罰耶？明明是專屬女僕，卻要把主人丟著不管嗎？

「閣下，明天也要早起，我們是不是差不多該熄燈了？」

「嗚…………」

「閣下？請問您怎麼了……？」

「嗚啊啊啊啊啊啊啊啊啊啊啊啊啊啊啊啊啊啊啊啊啊啊啊啊啊啊啊!!」

「呀啊啊啊啊啊啊啊啊啊啊啊啊啊啊啊啊啊啊啊啊啊啊啊啊啊啊!?」

我人待在床鋪上，做了一個空中大迴轉，接著頭朝下墜落在床墊上。艾絲蒂爾嚇了一大跳，站起身表示「是不是敵人來襲!?」，但我沒放在眼裡，而是像條魚那樣彈來彈去亂動。

「為什麼啊!?那傢伙……那傢伙為什麼會…………」

「噢，我懂了。閣下是因為沒辦法跟薇兒小姐一起睡覺，所以覺得寂寞吧。」

「人家才沒有感到寂寞!!」

我渾身散發跟惡鬼沒兩樣的凶惡氣息，朝著艾絲蒂爾瞪視過去。

緊接著她就低頭應了句：「很抱歉，閣下應該是孤傲的！」看到她出現那樣的反應，害我微妙地感到不知所措。

「對了艾絲蒂爾，妳是怎麼想的？」

「是？您說的『怎麼』是指……？」

「我在講柯蕾特的事情啦。不覺得那傢伙太黏薇兒了嗎？」

「會這樣嗎？……啊，但我覺得薇兒小姐和柯蕾特小姐之間好像存在些什麼，這點似乎不假。否則那位大人是不可能把閣下丟著不管的。」

「原來我已經被人拋下了？」

「不！是我說錯話！閣下只是順位被排到比較後面！」

當下我的頭蓋骨感受到一陣衝擊，那就很像是被敲鐘用的橫木撞到一樣。

換句話說，如今的薇兒會把柯蕾特看得更重要，而不是我。

我心中湧現一股不明所以的奇妙焦躁感。這不單單只是嫉妒。柯蕾特那種天真無邪的眼神，似乎足以改變薇兒身上的某些部分。

雖然納莉亞曾笑我「愛瞎操心」，但我若是這樣還不操心，那就沒資格當主人了。

「——我們走，艾絲蒂爾！不能再這樣下去了！」

「咦？您說要走，是要去哪裡!?」

「去她們兩個的房間啊！就她們兩個自己玩太奸詐了，我們也要過去加入她們。」

「但已經十點了耶？如果是在軍校，現在都已經到熄燈時間了——」

「妳為什麼這麼乖巧啊!?吸血鬼這種生物就應該要在夜間活動吧!!」

「等等……閣下!?」

我拉著艾絲蒂爾離開房間。

若是就這樣熄燈了，我一定會做惡夢。

為了能夠舒舒服服睡上一覺，我必須先去確認薇兒和柯蕾特的情況。

☆

納莉亞・克寧格姆走在夜晚的巷道上。

她並沒有特別要去哪個地方。硬要說的話，就是為了觀察常世的街道——還有要整理她的心緒。

藍色的夜空顯得異常明亮，被月光和星光照亮的路面閃閃發光。

原先還很滾燙的身體因為夜風冷卻下來，納莉亞口中吐出小小的嘆息。

「我要振作一點才行……」

傭兵集團「可瑪莉俱樂部」的隊長是可瑪莉。

可是那個吸血姬真要說起來算是最終兵器。當然她一樣具備成為首領的資質，但還是有很多部分不夠可靠，因此納莉亞必須要拉她一把。

之前中了尼爾桑彼的法術，遭霧中世界囚禁時——

她彷彿聽見老師對她說：「妳要幫忙照顧可瑪莉」，將可瑪莉託付給她。

但那是幻聽的可能性也很高。因為納莉亞身上肩負著一份使命感，那份使命感才會幻化成老師的姿態，出現在納莉亞面前。

但即便是那樣，納莉亞還是需要引導可瑪莉。

因為可瑪莉是她的好朋友，是救命恩人，更是互相分享血液的妹妹。

除此之外，兩人還是要一同征服世界的夥伴。

之前大神也說過「要好好看顧可瑪莉小姐」。那恐怕是在預言未來可瑪莉有可能會消失。而且事實上透過【潘朵拉之毒】，也已經預言她即將面臨死亡命運。

「我最好不要讓她離開我的視線範圍，也許現在不是在這散步的時候。」

尤其是現在可瑪莉因為柯蕾特出現的關係，在各方面來說都變得更不中用，讓她很擔心。

畢竟那女孩先前往往都是「被人追求的一方」，時常有很多人圍繞著她，對她獻殷勤；柯蕾特將這樣的狀況逆轉過來，才會害她無所適從吧——

「別來無恙啊。」

滋噹，當下好像有某種東西切換的感覺。

納莉亞還以為遇到幽靈了，差點發出慘叫聲，但在叫出的前一刻忍住了。

在雜貨店的看板上，站了一個眼熟的琵琶法師。

「妳是……特萊梅洛？妳在那種地方做什麼？」

「就跟妳一樣，這是在夜間散步。今天的星星也很美麗呢。」

特萊梅洛的臉頰變紅了，臉上還浮現笑意。

納莉亞有點緊張。因為這個少女身上散發一股實力深不可測的氣息。

事後她又從公會職員那邊打聽到，特萊梅洛．帕爾克史戴拉似乎是來自一個叫做「星砦」的月級傭兵集團。換句話說，她是實力很不錯的戰士。

「有個消息想跟妳透露。」

「是什麼？難道妳一直埋伏在這邊等我？」

「說對了。」

特萊梅洛一副無辜樣，臉上的笑意更深了。

她從袈裟內側拿出一份像是報紙的東西，交給納莉亞。

「這是明天早報的部分內容。我在新聞社那邊有點人脈，先跟他們借用了一些。上面還寫了跟妳們有關的情報喔。」

這時城鎮那邊忽然變得吵鬧起來。

遠方好像有人在喊叫，緊接著夜空就在剎那間變白了一下。

「……？這是在吵什麼？」

「這個世間充滿憂傷，人命就和易散之花一樣。爭鬥已經成了家常便飯了。」

「難道是……」

「妳先別著急，只要看看那份新聞報導就明白了。」

納莉亞有些惶恐地望向那份交到自己手裡的報紙。

她沉默了幾秒鐘，專心閱讀。可是很快就按捺不住。

納莉亞心中頓時變得緊張不堪，當下立刻轉身在巷道內奔跑起來。

「請多保重，我能夠做的就只有這些了。」

「謝謝！趁現在還沒丟了性命，妳也快逃吧！」

納莉亞不停奔跑，要直接跑回旅店，她嘴裡還發出一聲「嘖」。

看來她們被牽扯進非同小可的事件中了。

不知道可瑪莉是否平安無事？柯蕾特要不要緊——

遠處那邊傳來戰亂的聲響。

在她背後，則是迴盪著琵琶彈奏的滋噹滋噹聲。

☆

那間雙人住宿用的房間空蕩蕩的。

薇兒和柯蕾特都不見了。為什麼會不見啊。該不會她們兩個私奔了吧？那怎麼可能。居然把我丟著不管，薄情寡義也該有個限度啊。我僱用她來當女僕的薪水，每個月都有確實支付耶（是爸爸付的）。若是她就這樣一去不回，小心我拿薪水小偷這個罪名告她喔？這樣好嗎？不好對吧？

「請、請您冷靜一點，閣下！就算去翻找垃圾桶，薇兒小姐也不在那邊！還有她不在杯子裡！您看得那麼仔細，就像在看萬花筒，但這也沒用啊！」

「嗚嗚嗚嗚……那兩個人到底跑到哪裡去了……!?」

「她們的行李還在這邊，照理說應該不太可能跑到旅店外吧。可是又想不到旅店內有哪些地方可能是她們會去的……該不會是在屋頂上看星星？」

「有可能！我們走！」

居然敢把主人丟下不管，跑去欣賞天文景象，膽子很大嘛。不對，我並不是要過去打擾她們喔，只是身為可瑪莉俱樂部的隊長，我有義務要掌握她們的行蹤。

然而艾絲蒂爾卻補上一句「請先等一下，閣下」，出聲挽留我。

「那個——我覺得閣下應該先跟薇兒小姐分開一陣子。」

我當下差點進入精神錯亂的狀態。

因為我萬萬沒想到艾絲蒂爾會給出這樣的建議。

「為、為什麼……？為了明天做打算，我們應該要早點睡的意思嗎……？」

「不，我不是那個意思……而是我很在意薇兒小姐的預言。」

艾絲蒂爾臉上的表情是真的很不安，她從高處向下俯瞰我。

「【潘朵拉之毒】發動後看見的是『閣下在薇兒小姐身邊亡故』，是這樣的景象對吧？既然如此……若是要避免閣下喪命，那我覺得和薇兒小姐保持距離會是最有效的做法。」

「啊……」

「或許薇兒小姐就是考慮到這點才會那麼做。」

有那麼一瞬間，我就快要被說服了。

……但不對，才不是那樣。

我五天以後才會死掉，又不是現在。

「目前還沒有人想要取我性命！至於要怎麼對應，接下來可以跟薇兒一起思考對策啊！所以我必須盡快趕到薇兒身邊！」

「原、原來是那樣……？」

我拉著艾絲蒂爾的手，爬上階梯。

接著強行打開通往屋頂的門，春天的夜風柔柔地撫過我的髮梢。

那裡看得到滿天星斗，怪不得會想到屋頂上看星星。如果是佐久奈來，她一定會很興奮吧——懷著這樣的想法，我在屋頂上的石板鋪面上前進。

走沒多久就發現要找的人。

當下只覺得心臟都快爆炸了。

那兩個人肩並著肩，用手抱住膝蓋坐在一起。坐就算了，還在那邊看星星。而且柯蕾特突然握住薇兒的手。那兩個人你儂我儂地牽著手，還發出聽起來像是很靦腆的笑聲。她們身上散發出青春氣息，那股氣息甚至入侵到我的頭蓋骨裡。

「啊？她們兩個是怎樣。」

「閣下！妳臉上的表情都消失了啊！」

「一般來說看到這種景象都會消失吧。」

帶著絕望的心情，我凝視薇兒和柯蕾特的背影。

那個女僕會跟我以外的人親切交談，這樣的景象我還是第一次見到。我胸口那裡突然浮現一股不明所以的刺痛感。苦惱的種子成長茁壯，開出黑色的花朵——接著我的意識就被一股莫名的情感洪流淹沒。

「嗚……嗚嗚……」

「咦？那個……閣下？」

「嗚啊……嗚啊啊啊啊啊啊啊啊啊啊啊！！」

「閣下！？請您等一下——」

我連這麼做會不會丟臉都不管了，快速狂奔起來。就連納莉亞對我說過的話也忘了。因為我覺得若是置之不理，薇兒可能會被人搶走——然而老天爺卻在開我玩笑。

「啊！」

我絆到腳了。

踢到階梯的我，就這樣趴倒在石板地上。

砰咚！！——自從來到常世之後，這是我第二次跌了這麼大一跤。鬧出來的動靜可不是說句好痛好丟臉就能了事的。那兩個人發現我的存在，紛紛睜大雙眼，轉頭看這邊。

「可瑪莉大小姐？」

「黛拉可瑪莉？妳在做什麼啊！小鬼頭到這個時間就該去睡啊！」

若是在這種時候說「我只是碰巧路過」，實在太過牽強。可是挑明了講「我是來監視妳們的」，我的自尊心又不允許。因此我就只能假裝自己是個死人。

「妳是來偷聽的嗎？這種興趣真的是很糟糕耶！妳這人實在是——」

柯蕾特氣呼呼地靠近我。

很好我決定了。總之我就先撒謊說「原本在睡覺卻不知為何傳送到屋頂上」好了——想到這的我抬起臉龐，碰巧就在那個時候。

柯蕾特的目光看向一旁，嘴裡說了聲「奇怪？」

受到她的動作牽引，我也看向那個方向。

我們待的建築物有七層樓高，能夠將城鎮中的景色一覽無遺。乍看之下都是些平凡無奇的小小都市光景，可是仔細看會發現有古怪。因為遠方的天空變得很明亮，好像是有建築物在燃燒。

下一瞬間——一陣「咚哐——!!」聲響起，這次是爆炸聲響。

除此之外還聽見大砲斷斷續續射擊的聲音。

那時突然有聽起來像是警報聲的聲音響起，讓柯蕾特「呀啊！」地發出慘叫聲，將耳朵遮住。

這一定是發生緊急狀況才會響起的警報。

「情況似乎不妙……好像有軍隊攻進來了。」

「軍隊!?這裡應該是公會直轄管理的中立都市吧!?為什麼會變成那樣……」

柯蕾特臉色發青，渾身顫抖。

結果這個城鎮也變得不安全了。白天那個翦劉種老爺也不是才說過嗎？——他說「阿爾卡的軍隊很有可能會入侵中立地帶」。

「——大家都沒事吧!?事情不好了啊!!」

這時納莉亞就像一顆子彈一樣，橫衝直撞闖了進來。

一看到我們所有人都在這，她才鬆了口氣拍拍胸脯，嘴裡繼續說了些話。

「看來阿爾卡的軍隊已經到了。照這樣繼續進展下去，我們會被殺掉的。」

「那好吧，我現在就去躲在床底下，向神明祈禱。」

「咦？閣下……？」

「說錯了！我們現在就應該去迎戰阿爾卡那幫人！」

「在這種時候虛張聲勢是沒用的——克寧格姆小姐，您覺得我們該怎麼做呢？」

「我們應該逃跑。」

納莉亞在當下斬釘截鐵地斷言。

「我們如果繼續待在這邊，會給這個城鎮添麻煩。應該要盡快撤退才是上上策。」

「嗯？這是什麼意思啊？」

「那幫人是衝著我們來了。」

納莉亞將她夾在腋下的東西攤開，那個看起來很像報紙。

我們幾個人專心看著那樣東西——

『巫女姬逃跑　阿爾卡軍隊將會追捕她到天涯海角

為了兩國之間的和睦，姆爾納特帝國曾經將「巫女姬」柯蕾特・拉米耶魯獻給阿爾卡王國充實後宮，但是護送車發生事故，她趁機逃跑。阿爾卡王國斷定這種行為是「對帝國的背叛」。因此兩國之間出現了比海還要深的關係裂痕。連鄰近的幾個國家都遭受波及，阿爾卡軍隊的入侵速度加快，朝著姆爾納特帝國的帝都逼近。此外火級傭兵集團「可瑪莉俱樂部」疑似一直在保護「巫女姬」，阿爾卡軍隊也發布消息，說他們要開始搜索這個傭兵集團，就連國王陛下都在盛怒之下下令「找到人就把她們全殺了」。延燒至整個世界的戰火將有變得更加激烈的趨勢，還請各位無辜的人民多加注意。』

「……這是什麼？」

「為了阻止這場戰爭，柯蕾特是因此被進貢上去的可憐活祭品。可是這孩子不想要那樣，所以就逃跑了。也難怪阿爾卡王國那幫人會勃然大怒。」

「是不是找錯人了？為什麼像柯蕾特這樣的女孩子會……」

不對，剛才報紙上面不是都寫到了嗎？

而且柯蕾特自己還說她出身自姆爾納特帝國境內有名的「巫女姬」家族。

換句話說，她的血統高貴到足以來當人質——

「「「……………………………………」」」

在場所有人的目光全都集中在柯蕾特身上。

她默默無語，先是扭扭捏捏了一陣子，直到聽見薇兒呼喚她的名字，說了一聲「柯蕾特小姐」，她才將臉抬起來。但不知道為什麼，臉卻變得一片通紅。

「那──那是因為！我才不要進後宮！」

她聲嘶力竭地發出一聲呼喊。

那個天藍色的少女用盡一切力量大叫。

「居然把別人的性命當成道具隨意使用！當什麼『貢品』，我明明就只想在故鄉村莊靜靜生活！我連那個兒時玩伴都還沒找到呢！一旦進入阿爾卡的後宮，這一切就全完了……」

柯蕾特說完用力握住衣襬，頭低了下去。

她身上有不安、有罪惡感，有各式各樣的感情在翻攪。

「……不知道為什麼，那個護送車突然倒了。我覺得這是奇蹟……一定是那位賢者大人希望我能活下去。無論是誰，都不可能放過這樣的好機會。我沒錯……但是──」

柯蕾特開始注視我們的臉龐。在那對溼潤的雙眸中，隱約能夠看見恐懼的色彩。

「我給妳們添麻煩了吧，對不起……」

既然背後有這樣的隱情，那妳就該早早說出來啊——我不至於這麼想。

這是因為我非常能夠體會柯蕾特的心情。

假如她坦白說出「其實想要取我性命的軍隊有可能會襲擊這邊」，那薇兒就有可能把她拋下。

「薇兒……我——」

「可瑪莉大小姐。」

此時薇兒無視柯蕾特的呼喚，而是喊出我的名字。

女僕似乎已經打定主意了。看樣子也不用我多說什麼了。

柯蕾特用快要哭出來的表情望著我。

我則是毫不猶豫地開口宣告。

「別擔心，不會有人把柯蕾特丟下不管的。」

「咦……」

「我聽完是覺得很無言啦！但這個常世真的很莫名其妙耶！有兩顆太陽就算了，還長著奇怪的植物，到頭來就連性命都遭人覬覦……可是妳是跟我們一起旅行的夥伴！還是在常世替我們帶路的人！所以我們大家趕快結伴逃跑吧。」

納莉亞跟著笑說：「就這麼定了！」

艾絲蒂爾則是彬彬有禮地敬禮，回了一聲：「遵命！」

柯蕾特呆呆地杵在那裡一小段時間，最後她臉上浮現笨拙的笑容，對我們說了一句「謝謝」。

「沒想到妳意外地心胸寬大呢，讓我有點刮目相看了。」

「『意外』那句是多餘的。」

「就是說啊，柯蕾特小姐。可瑪莉大小姐擁有全宇宙最寬廣的胸襟。像我前陣子偷偷把可瑪莉大小姐的長條軟麵包拿給蘿蘿可二小姐，她要給我的報酬是可瑪莉大小姐小時候洗澡的照片（全裸），預計我犯下的這項罪行也能獲得寬恕。」

「那是什麼，我還是第一次聽說啊!?我可沒打算原諒妳喔!?」

「我說薇兒，為什麼妳總是只對黛拉可瑪莉那麼執著啊？是不是被這傢伙洗腦了？看在旁人眼中會覺得有點噁心呢？」

「咦？原來這樣……會讓人覺得噁心…………？」

薇兒難得顯露出受到打擊的樣子。

這是她自作自受。

希望能夠藉這個機會，讓她轉變成清純可人的女僕。

「妳們還在那邊做什麼啊！我們要趕快遠走高飛啊！」

「閣下！我還要收拾行李，請先回到房間裡吧！」

在納莉亞和艾絲蒂爾的催促下，我們從屋頂上離開。
城鎮逐漸被陣陣的嘈雜聲填滿。
雖然我會覺得良心上過意不去，但我還是別回頭看了吧。
畢竟我們的目的是要活下去。

現今夭仙們都害怕地躲在家裡頭。

他們特別長壽，但還是有可能因為意外而喪命。在魔核毀壞的情況下死去，他們將沒有辦法再復活。

從各方面來說，要修護魔核都很困難。

最有可能修好魔核的人就是天津．迦流羅了吧。

可是現今【逆卷之玉響】力量還沒強大到足以干涉意志力。就算能夠治好肉體上的傷，卻依然無法回溯他人的記憶或情感，這便是佐證。此外魔核是會依循他人願望改變方向性的神具——若是只受點小小的損傷，那還有辦法修復，一旦徹底崩壞，「被賦予的意志力」消散，人們就再也無計可施了。

愛蘭朝——不對，應該是崗德森布萊德王朝，他們現在正疲於思索對策。

可是他們應該沒辦法想到任何對策吧。只要沒出現具備特殊烈核解放的人就不可能。

「——都怪星星正好走到不好的方位上，人生就是無法盡如人意呢。」

走在天仙鄉的京師中，我發出嘆息。

當初預定是要破壞所有的魔核，接著再前往常世。可是星星那幫人肆虐的程度超乎我的想像。若是不快點收拾掉，我的「小世界」將會呈現覆滅後雜草叢生的悲哀模樣吧。

「公主大人，那個所謂的門是在哪裡呀？」

走在我身旁的柯尼沃斯提出疑問，模樣看起來很興奮。

就連跟在後頭走動的天津和特利瓦似乎也頗感興趣的樣子。

這點還真是讓人心情愉快呢。

因為絲畢卡·雷·傑米尼身邊還有夥伴與她結伴而行。

「就在那邊了。芙亞歐之前有跑去刺探敵情，聽說各國大老為了搜索被門吸進去下落不明的那些人，已經前往白極聯邦了。他們好像想要傷害魔核，硬是把門撬開。」

「嗯？天仙鄉的魔核已經壞了，用京師這邊的門不就好了？」

「聽說黛拉可瑪莉曾經讓隕石掉下來，已經把那個門弄壞了。感覺好有趣喔——若是進入天仙鄉的那扇門，連會被傳送到哪都不曉得！還有可能被裡面的空

©riichu

間壓扁死掉喔！」

「……………那我們現在準備要去那種地方嗎？」

「當然啦!!」

我用舌尖輕輕舔著血液糖果，在巷道內走啊走的。

最後終於看見那個被破壞到慘不忍睹的宮殿——「紫禁宮」。

而且在正中央還有一個發亮的「門扉」坐鎮。

換作是平常，一般而言應該都會被嚴密把守。可是士兵們全都昏厥倒臥在地面上。他們都沒有死掉，這還真像那女孩的作風，我不禁失笑。

「芙亞歐！辛苦妳啦！」

「嗯。」

那個狐狸獸人——芙亞歐・梅特歐萊德就坐在圓桌旁邊的椅子上。

一注意到我們，她就懶洋洋地站了起來。

既然身上散發的是慵懶的氣息，那代表現在這個是「表層」的芙亞歐。

「……公主大人啊，這樣就可以前往常世了吧。」

「對啊，原來芙亞歐選擇我了啊……好開心喔！」

「哼。」

芙亞歐將臉轉向一旁。

朔月成員都為了各自的目的行動。

柯尼沃斯是為了做研究。特利瓦是為了侍奉我。芙亞歐則是為了確認自己的存在意義。天津是要來背叛我的。而我是為了當家裡蹲——這是個多麼鬆散的組織啊。跟星星那幫人相比，簡直貽笑大方。然而我們幾個的意念卻都是鎖定在同一個地點上。

「那我們走吧！為了實現我們的野心！」

「先等一下。若是有可能死掉，那我就別去了……」

「若是會死掉，那也滿有趣的！畢竟這就是人生嘛！」

「喂等等……天津救我啊啊啊!!我會死——!!」

「那妳就自己去死吧，我要回去了。」

「你是惡鬼啊!?」

「你也要來啦！」

我拉住天津和柯尼沃斯的手，一舉躍進那扇門中。

芙亞歐和特利瓦似乎也不落人後，都跟過來了。

那接下來——無法預測的常世之旅將要就此揭開序幕。

而我的故事也將迎來尾聲。

※

京師的地底設有一座監牢。
那個設施是用來關押曾經跟王朝唱反調的大壞蛋。以前黛拉可瑪莉・崗德森布萊德為了見邪惡丞相骨度世快，也曾經造訪過這個場所。
在監牢的最深處——即是受到最嚴密看管的區域裡，有個身材高䠷的女子待在那裡。
她是蘿莎・尼爾桑彼前軍機大臣。
也是前些日子在夭仙鄉引發大騷動的死儒。她還是一如既往，全身上下的服裝都是一身黑。遭到逮捕後已經過了幾日——但她一天就只能抽一根菸，導致她最近的腦袋異常混沌，這也是令她煩惱的一點。
「有朋卻未自遠方來……這樣不是太空虛了嗎？」
那些「星砦」的同伴都沒有來營救她的跡象。
應該這麼說，他們沒辦法來拯救自己。因為除了尼爾桑彼，其他的成員都在常世那邊活動。
「死儒」蘿莎・尼爾桑彼負責蒐集魔核。

「骸奏」特萊梅洛．帕爾克史戴拉負責在常世那邊破壞任務。

「柩人」納法狄．斯特羅貝里在當夕星的護衛。

至於「夕星」則是相當於盟主。

……其實他們再多分派些人員來幫幫這邊也行啊？

冷靜下來想想，會覺得要憑她一己之力回收數量高達六個的魔核，簡直是困難至極。

「剩下的事情也只能交給那些夥伴了吧。我先到這退場好了——哎呀？」

那個時候尼爾桑彼察覺到某種異狀。

她的陰影原本被蠟燭的火焰映照在地面上。

那個東西就像生物一樣，扭來扭去蠢蠢欲動。

抱影種是能夠將自己的「影子」送往異界的虛像種族。尼爾桑彼就是透過這種手段跟常世的夥伴取得聯繫。可是——在使用影子的時候，還要面對「距離」問題。若不是待在像核領域中心這種距離常世很近的地方，不可能自由自在操控影子。

但現在卻不知道為什麼，影子逐漸活化起來——

她知道了。是因為魔核崩壞導致門扉開啟，這才是原因所在吧。

既然如此，那她就還有能做的事了。

尼爾桑彼集中精神，查看常世的狀況。對面那邊果然還是深陷戰亂之中。一股來自人群的巨大情感在翻騰著，這都會成為讓夕星成長茁壯的能量。

她在那之後注入念力好幾個小時，接著她要找的人就來了。

那是一位穿著新式袈裟的旅行琵琶法師。

尼爾桑彼這時靜靜地開口。

「——特萊梅洛呀，我這邊的作戰行動失敗了。只要妳遇到名字叫做黛拉可瑪莉・崗德森布萊德的吸血鬼，一定要把她殺了。」

吸

[3] 未知的異鄉旅程

Hikikomari the Vampire Countess no Monmon

這邊放眼望去全都是沙子。

那是被兩個太陽火辣辣炙烤的土黃色世界。

彷彿被巨人之手切割過，凹凹凸凸的沙丘連綿不斷。眼前還出現難以分辨真假的東西，那很像怎麼接近都碰不到的水窪一樣。光是看著都覺得快要精神失常了。

「好熱……快死了……現在才三月吧……對一個家裡蹲來說實在太辛苦了……」

「我喉嚨很乾，可以喝可瑪莉大小姐的汗水嗎？」

「那樣很噁心，不要啦……」

我就連神采奕奕吐槽的力氣都沒有了。

——距離我迎接死亡命運，還有四天。

我們一行人騎在駱駝上，正要橫越沙漠。

據說在阿爾卡王國和姆爾納特帝國之間，還橫亙著一個叫做「科雷特帝國」的

國家。那是一個多數國土都是沙漠的乾燥國家。為了走最短距離抵達姆爾納特，據說我們需要先穿越這片滿是黃沙的大地。

對了，駱駝是我們在沙漠入口租借的。

薇兒跟我騎一頭，艾絲蒂爾和柯蕾特騎一頭，納莉亞自己一頭。

我們都已經走了好久，駱駝看起來卻絲毫不疲憊。害我心裡覺得很對不起這些駱駝，於是我就用輕柔手勁摸摸被蓬鬆毛髮包覆的駝峰。

「夏洛特好偉大……若是我跟你一樣有那麼多體力就好了……」

「拜託妳不要擅自取名字。等我們抵達另一頭的城鎮，這隻駱駝就要還回去。」

「又沒關係，這可是我們在旅途中的夥伴！」

那個女僕真是不解風情。還有明明就熱爆了，這個女僕卻變態到緊緊貼著我。

坐在隔壁那隻駱駝身上的柯蕾特用很懊惱的表情瞪著我們，嘴裡發出「嗯嗯嗯」的聲音。誰跟誰一起坐，這個都是靠丟銅板來決定。我看她很想待在薇兒身邊吧。

她用艾絲蒂爾背後的衣服抹去額頭汗水，還問了一句：「我說納莉亞，還要多久才能抵達姆爾納特？我看今天應該沒辦法到達吧？」

「為什麼妳這個來自常世的人還來問我這個出身異界的人……不過看地圖，好像有必要住宿一個晚上。途中還會經過科雷特帝國的首都，我們先去那邊吧。」

敵方派出的軍隊都已經讓我們如鯁在喉了。

納莉亞曾經說過：「我們要通關的時候有出示公會證明，或許這麼做是一大失策。」一旦關隘那邊的守門人去跟人通風報信，我們的去向就會洩漏給他人知道。但是強行突破又會被抓起來，最後交給軍隊，形同四面楚歌。

另外還有一點，可瑪莉俱樂部收留柯蕾特的情報，極有可能是從公會那邊外流出去的。搞不好我們做傭兵登記的那個地方，已經有間諜混進來。

我開始看著那個天藍色的少女——柯蕾特・拉米耶魯。

她是姆爾納特帝國的「巫女姬」。

一個被命運玩弄的可憐孩子。

「——怎麼了？一直盯著人家的臉看，未免太失禮了吧？」

「抱歉，但我現在沒事做，才會想要多多瞭解妳的事情。妳是孑然一身逃出來的，不過我都沒有問問柯蕾特實際上是擁有什麼樣身分地位的人。」

「喔喔想問這個啊。」

不知道為什麼，柯蕾特一臉尷尬地嘟起嘴。

「就跟報紙上寫的一樣啊。我是姆爾納特帝國的『巫女姬』——正確說來應該是下一任巫女姬才對。等到現任巫女姬引退了，我就會前往帝都承接她的職務。」

「可是妳被交給阿爾卡了吧？」

「都是因為那個巫女姬大人做出預言——『柯蕾特・拉米耶魯一旦被進貢給阿爾卡，這場戰爭將有望平息。』內容差不多是這樣。那傢伙真的很爛耶，我看她一定是亂講的。」

這些話是不是隨便亂講的，姑且不論，但確實很不近人情。

這時薇兒口中「嗯」了一聲，手裡用力握緊夏洛特的韁繩，並說了些話。

「所謂的預言，指的應該是烈核解放吧？莫非柯蕾特小姐也能做相同的事情？」

「烈核解放？我知道了，在說『能力』的事情吧——對啊，事到如今我就挑明告知吧，其實我也是異能者。我想說這方面透露太多可能會有麻煩，就一直沒提……抱歉。」

「妳沒必要道歉。但是柯蕾特小姐身上有不可思議的力量，著實讓人訝異。」

「對啊——若是沒辦法發揮這類能力，根本不可能被提拔成巫女姬。最近拉米耶魯家都沒有出現足以成為巫女姬的異能者，只要身上稍微有一點點才能，像我這種遠親平民也能夠被他們迎接過去當繼承人呢。」

「柯蕾特若是也做些預言，跟他們周旋起來會更容易吧？」

「但我的能力並不是做出預言，而是更不祥的東西。我根本不想要這種才能……若是沒有成為巫女姬，我明明還可以過上和平的生活。」

烈核解放跟本人的努力和才華無關。

柯蕾特能夠讓那樣的能力開花結果，背後應該潛藏了某種深意吧。

「……其實說真的，原本我的兒時玩伴才是預計要成為巫女姬的人。」

「兒時玩伴……就是那個名字和我一樣，都叫『薇兒海絲』的人吧。」

柯蕾特好像在昨天晚上跟薇兒訴說過自己的身世。而且她也有跟納莉亞和艾絲蒂爾說，她表示「這種事情也沒什麼好隱瞞的」。

「薇兒她……噢對了，這是在講我的兒時玩伴薇兒。那個女孩所擁有的能力很強大，在這百年之中算得上是出類拔萃的。人們還說她總有一天會成為巫女姬，為姆爾納特帶來繁榮……可是她卻無法承受周遭眾人給予的壓力，總是在哭泣。我就住在她家附近，都會偷偷跑到那個女孩子身邊安慰她。」

「那妳們真的是好朋友呢。」

「嗯，我們是非常要好的朋友，還會兩個人偷偷跑出村莊冒險喔。有一次她說想要看海，我就在包包裡面放一些食物，一大早就出發。後來我們遇到熊，被蟲子叮咬，還差點從懸崖上掉下去，遇到好多危險的事情，但我們兩個人一起眺望的黃昏海平線好漂亮，美到讓人瘋掉。她那時還哭得慘兮兮……後來大人找到我們，把我們帶回去，還把我們狠狠教訓一頓，這次就連我都一起哭得慘兮兮。」

怎麼追逐也追逐不到的水不知不覺間已經消失了。

取而代之出現的是……「薇兒」和柯蕾特手牽著手要去看海的影像。

那個懦弱的「薇兒」總是怯生生的，而牽她手的人，無論何時總是那個性格潑辣的柯蕾特。這兩個人克服了很多障礙，在冒險的旅途上持續前進……但卻不知道為什麼，那個「薇兒」轉變成女僕薇兒的樣子……不行了，我已經熱到腦袋在沸騰。

「可是這份和平並沒有持續很久。」

柯蕾特此刻從嘴裡吐出悲傷的嘆息。

「因為那時發生殘酷的戰亂。村莊被燒了，我們一起逃跑。但是卻遇到暴風雨，導致我們失去了彼此，在那之後就一直沒辦法重逢。我一直在找她……不分晝夜一直找著……因為她是我很重要的朋友。可是我就是找不到她……所以人們就當薇兒已經死掉了。」

「當她死掉？為什麼——」

「那自然——是因為永無止境找下去也不是辦法。當然我不願意接受這種結果。村裡的人也跟我說了好幾次，叫我『該放棄了』。可是我就是沒辦法徹底死心……這樣的情況持續到某一天，我身上就有一股能力覺醒了。」

烈核解放是心靈力量。

想要追尋某樣東西的強烈意念，這樣會成為足以改變世界的原動力。

「那是能夠呼喚死者靈魂的『降靈』能力。或許在我心底深處也是那麼想的，覺得『薇兒可能已經死了』……我曾經試著透過這股力量呼喚薇兒，卻沒能辦到。知道薇兒還活在某個地方，我很高興。」

「…………」

我們幾個當下都說不出話來。

這個少女對於「薇兒」的思念，巨大到區區一個我是無法想像出來的。

「總而言之，代替失蹤的薇兒，我成了下一任巫女姬。但我根本不適合。在能力這方面也完全比不上薇兒……」

「那『薇兒』的能力是什麼樣子的？」

「是可以看見未來的力量。」

我的心臟跳了一下。

薇兒和納莉亞都驚訝地望著柯蕾特。

「但詳細情況我不是很清楚。因為有個規矩，就是巫女姬的能力不能隨便亂用，那個女孩總是乖乖遵守這項規矩，所以就連我都沒有親眼見識過。我跟她拜託過好幾次，請她『替我占卜未來』，但她總是說不行。」

「…………」

「啊──啊，若是薇兒願意占卜未來，或許村莊遭受的悲劇就能夠預先防堵……但現在說那種話也沒用吧。畢竟那女孩是會確實遵守規矩的乖寶寶。我就是喜歡薇兒這樣。」

柯蕾特的笑容顯得有點空洞。

而我帶著複雜的心情，任憑駱駝搖晃。

☆

當我們來到科雷特帝國的首都，太陽都已經快下山了。

過了城門後，各處都飄來香噴噴的咖哩香味。害我的肚子擅自發出「咕嚕」聲。根據柯蕾特所說，科雷特帝國的開國者好像很喜歡吃咖哩。國王還下令要讓咖哩變成國民飲食，諸如此類的。

我們在雜亂比鄰的茶紅色建築物間前進。

必須要將租借的駱駝先返還回去。

當我們抵達店鋪，我將夏洛特的韁繩交給工作人員。夏洛特慢吞吞地回到駱駝廄中——原本以為會是這樣，但牠卻不知為何一直盯著我的臉龐看。

「夏洛特？你怎麼了？今天你就好好休息吧。」

「我不是夏洛特。」

「啊??」

「我都說我不是夏洛特了。」

「…………」

我還以為自己聽到神明的聲音，嚇到頭都仰起來了。可是眼前就只有一大片美麗的黃昏天空。覺得這一切太過不可思議的我再度看那隻駱駝，當我確定駱駝口中發出人說話的聲音，在那瞬間我差點都快昏倒了。

「妳就是那位『宵闇英雄』的女兒吧。沒想到會在這種地方遇到妳……」

「──大家快看!?夏洛特在說話了啊！？！？！？」

我慌慌張張朝著背後大叫。但是夥伴們已經把我丟下，開始去找吃飯的餐廳了。就只有薇兒一臉微愕地轉頭，嘴裡說了聲：「是──？」

「可瑪莉大小姐是不是熱昏頭了？我明白了，那邊有在賣咖哩口味的霜淇淋，我去買過來吧。然後大小姐您可以跟我交替舔那一支霜淇淋。」

「不，比起那個……」

「薇兒！那個矮子的事情不用管啦，我們走吧。」

柯蕾特用手繞住薇兒的手（！），把她就這麼拉走了。

納莉亞和艾絲蒂爾似乎從頭到尾都沒聽見我說的話。我驚恐地轉過頭──那隻原本應該叫做夏洛特的駱駝正用泰然自若的態度佇立在那。

「妳就是黛拉可瑪莉．崗德森布萊德沒錯吧。」

「是、是沒錯!?請問——你是哪位……?」

「我是傭兵集團『滿月』的間諜。喬裝成租借用的駱駝打探戰況。這真是太巧了……應該說是必然吧。妳確實跟妳的母親很像……」

我看看那個手裡握著夏洛特韁繩的工作人員。

這樣不要緊嗎?你家的駱駝在說話啊?

可是他絲毫不為所動,臉上笑咪咪的。這給我一種顯然不太對勁的感覺。

「別擔心,這個人也是『滿月』的一員,還是我的部下。」

「不,一般來說都會擔心吧。夏洛特你為什麼能說話?」

「我不是一般的駱駝,而是獸人,就算會說話也不奇怪。」

但我覺得普通的駱駝和獸人好像沒什麼區別……

這幫人是怎樣……

「那……你知道我的事情?」

「我知道的可多了。因為妳的母親就是我們的領導者,尤琳・崗德森布萊德。」

「咦?尤琳……是媽媽!?原來你認識我媽媽!?」

「沒錯,『滿月』是月級傭兵集團——為了平息戰亂,我們是跨足全世界的正義集團。集團的領導者就是崗德森布萊德大人。」

「什麼………」

「團員基爾德都跟我們說了。對面那邊的夭仙鄉發生魔核崩壞事件，妳遭受波及跑到這邊來了。聽說那邊甚至還組成搜索隊……原來妳在這，知道妳平安無事，我就放心了。老大她也很擔心妳喔。」

夏洛特從鼻子裡噴出一口氣，看起來似乎是真的打從心底感到放心。

我腦袋的處理速度根本追不上，就像個假人一樣，呆呆地站在原地。

遠方還傳來納莉亞的呼喚聲——「我說可瑪莉～！妳快點過來啦～！」。

☆

夏洛特說過會「用飛鴿傳書的方式聯絡人在姆爾納特的老大」。

他好像要幫忙傳遞訊息給母親，讓她知道我平安無事。

月級傭兵集團「滿月」。聽說為了替這個世界帶來和平，他們好像在從事各式各樣的活動。有人就像媽媽一樣，提起刀劍作戰，還有人像夏洛特這樣，致力於隱藏身分蒐集情報。

從駱駝口中得知的情報，為我帶來很大的衝擊。

尤其他還給出確切的資訊，說「妳媽媽就在帝都」，這情報為我的心口點燃希望之火。這下我就能心無旁鶩前往姆爾納特了。只要抵達帝都，眼下這種窘迫的狀況或許就能緩解也說不定。

雖然那麼說，卻不是所有的事情都足以讓人放心。夏洛特還說了——

「——我的夥伴帶回消息，說阿爾卡的軍隊一直在追蹤『可瑪莉俱樂部』。他們對巫女姬執著到那種地步，讓人覺得有點不可思議……可是他們好像已將那些中立都市一一擊破，攻勢相當猛烈。至於妳們幾個的動向，都已經被阿爾卡的關隘洩漏出去了，看是明天還是後天，他們差不多就會抵達這個城鎮吧。」

「那我們該怎麼辦才好？接下來還要跟大家一起吃晚餐，夏洛特你要不要一起來？」

「不，我就不跟妳們結伴了。很可惜，我能夠傳達的情報不多。妳就像先前那樣，直接前往帝都即可。只要見了老大，應該就能知道回到原來世界的方法吧。還有我的名字不叫夏洛特。」

「這樣啊……那我們明天應該也能騎到夏洛特吧？」

「若是剛好遇到就可以，另外我的名字不是夏洛特。」

「那你叫什麼名字？」

「我叫做夏洛洛。」

跟夏洛特道別後，我跑去找大家。

他為我們的旅途賦予了重大意義。只要前往帝都，那我們就一定能夠回去——

這份絕對的安心感無可替代。我看我今天能夠睡個好覺吧。

話雖如此，卻非一切的不安都已經消除。

目前我該考慮的事項大致上分為三個。

一、我們能不能回原來的世界？

二、薇兒會不會被柯蕾特搶走？

三、該如何避免死亡命運到來？

「……後半的那兩個，目前都還掌握不到要領。」

「哎呀，可瑪莉大小姐，您看起來沒什麼精神，讓我用嘴巴餵您吃咖哩吧。」

「唔哇啊啊啊!?妳是吃辣味的吧!?那個我沒辦法吃啦!!」

「問題不是那個吧。」

這對話換來納莉亞一句冷靜的吐槽。

我們在科雷特帝國的咖哩飯專賣店吃咖哩。

坐的位子是設置在野外的六人座。在前方的舞臺上，身上穿著民族風服飾的舞者正在跳著輕快的舞蹈。天空都已經染成紫色的了——可是在路上來來往往走動的人卻都沒有減少的跡象，還配合舞臺上的音樂熱熱鬧鬧地歡鬧。

當艾絲蒂爾朝著四周東張西望一陣子後，她別具深意地點點頭，說了句：「原來如此。」

「看來在常世這邊，一個國家不是只有一個種族而已。有吸血鬼和翦劉種……還有其他許許多多的種族。」

「一個國家裡只有一個種族的反而更少。」

柯蕾特此刻用湯匙舀起咖哩，同時說了這麼一句話。

「話說回來……薇兒。妳平常給人都是這種感覺嗎？」

所有人的目光全集中到薇兒身上。

變態女僕手上正拿著裝醬料的罐子，在我的咖哩上寫下「最喜歡可瑪莉大小姐♥」這段文字。妳在搞什麼鬼。未經同意就擅自加醬料，就算因此爆發戰爭也不奇怪喔。

「……柯蕾特小姐，『那種感覺』指的是什麼感覺？」

不知道為什麼，薇兒的動作頓時停擺，並開口如此回應。

「意思就是妳一天到晚黏著黛拉可瑪莉啦！我原本還以為是那傢伙強迫妳的，現在才發現好像不是那樣。」

「柯蕾特說得沒錯，這傢伙就是個變態女僕。」

「這都是誤會，柯蕾特小姐。都是因為可瑪莉大小姐對我下令才會那樣。」

「那怎麼可能!!」

「唯獨這點，我沒辦法相信薇兒。」

柯蕾特一直目不轉睛盯著薇兒看。

薇兒「唔……」了一聲將目光移開。這傢伙會有這種反應還真稀奇……原本還以為她會挑明了說「我就是變態，那又怎樣？」。

「算了沒關係。」

接著柯蕾特嘴裡念念有詞地說了些話，還將美乃滋（!?）加進咖哩中。

「就算是變態，薇兒依然是我的救命恩人。」

「回您的話，柯蕾特小姐，我不是變態喔。在場的其他三個人應該也都同意這點。對吧各位。」

「妳就是變態吧。」這話來自納莉亞。

「一定是變態啊。」這是我說的。

「那個……」，艾絲蒂爾支支吾吾。但是當大家做出這樣的反應，一切就已經很明顯了，那就是女僕的行為確實有欠妥當。

「好過分！」

薇兒開始假哭。

既然覺得我們過分，那妳就多跟佐久奈學學。那女孩可是真正的清純女。

柯蕾特這時開口道「真是的」，賞薇兒一記白眼。

「既然妳不想被人當變態看待，那妳就不要再做那些噁心的行為……妳看，黛拉可瑪莉不是也很困擾嗎？」

「……很抱歉，可瑪莉大小姐，是我神經太大條了。」

「咦？啊。」

薇兒這時擅自把自己那盤咖哩跟我的那盤交換。而且還在咖哩的表面用湯匙弄一弄，將「最喜歡可瑪莉大小姐♥」這段文字消除。

那時突然有一陣帶著沙子的風吹過來，溫溫熱熱的，讓我微微瞇起雙眼。

夜色又變得更濃了。舞臺上演奏的曲目轉變成更為熱情的風格，與這樣的風格相呼應，舞者的舞步變得更加激烈。他們連續表演好幾次空翻，觀眾席這邊揚起一陣拍手喝采聲，就連納莉亞和艾絲蒂爾都拍手說：「好厲害——！」顯得興高采烈的樣子。

我心不在焉地拍手，一面偷看薇兒和柯蕾特。

薇兒會對騷擾我的事情反省，這還是頭一遭。

柯蕾特擁有讓變態女僕走回正軌的力量。

這點就是讓我覺得心裡悶悶的。

看來我沒辦法好好睡覺了。

☆

夜裡。我無論如何就是睡不著，於是我離開被窩，來到陽臺上。

在市區那邊，好像一直到現在都還熱熱鬧鬧的，我還能聽見隱隱約約的狂熱音樂聲。科雷特帝國比我知道的任何一個國家都還要來得更加有朝氣，更加熱鬧。

我抬頭仰望星空，陷入沉思。

一些事情在腦海中打轉，有常世的事情、媽媽的事情，還有……柯蕾特的事情。

柯蕾特・拉米耶魯擾亂了我的心。

「——可瑪莉大小姐，您也差不多該休息了吧。」

這時薇兒出現在我背後。身上穿著旅館提供的偏薄睡衣。

不知為何我覺得有種難為情的感覺，就將目光別開了。

「……我看妳才該去睡覺吧。明天不是要早起嗎？」

「少了抱枕睡不著。」

「別順其自然把我當抱枕啦。」

「不，我在說的是平常會用的那個竹輪型抱枕……」

「……………………………………………………………」

……喂。笨蛋。大笨蛋。為什麼……為什麼妳明明是變態女僕，卻說出那麼正常的臺詞？那樣不就變成像是我自己主動順其自然要當人家的抱枕了？

總而言之剛才那段對話不算數。

女僕什麼都沒說，而是來到我身旁。她瞇起眼睛觀看科雷特帝國的熱鬧夜景，嘴裡說出「看來敵人好像還沒來」，唯恐天下不亂。

「今天晚上就先好好休息吧，明天很有可能要跟人作戰。」

「我不想作戰，我要逃走。」

「您怎麼能說這麼沒用的話？若是被艾絲蒂爾聽見了，小心她趁機以下犯上喔。」

「艾絲蒂爾不會做那種事情吧……」

我不經意看向房間那邊，夥伴們都已經在床鋪上睡得很熟了。

艾絲蒂爾很像被放在棺材裡的屍體一樣，睡相有夠端正。柯蕾特則是抓住艾絲蒂爾的脖子，發出「呼嘶呼嘶——」的鼾聲。再來納莉亞整個肚子都露出來了，腳放在枕頭上（也就是說她睡到頭下腳上）。

那傢伙的睡相怎麼會這麼差，若是感冒就糟了……

總而言之，還醒著的人就只有我和薇兒兩個。

當我再度開口時，我裝得一副若無其事的樣子。

「柯蕾特的事情，薇兒妳是怎麼想的？」

「是？」

「也沒什麼啦，我是覺得這也不是什麼大事。就算妳跟那傢伙變得很要好，我也不會有任何想法。看到妳交到朋友了，我反而還很開心呢。」

薇兒當下臉上浮現像是得逞的賊笑。

……那是什麼表情？在嘲弄我啊？

「難道說可瑪莉大小姐是在嫉妒嗎？是不是感到不安，怕我會被柯蕾特小姐搶走？已經愛這個女僕愛到無可自拔了？」

「才不是！只是身為上司想要做個確認罷了！」

「您不用擔心，我還是可瑪莉大小姐的女僕。就算這整個世界變得天地翻覆，我也不會從您身邊離開——哎呀？」

話說到這裡，薇兒偷瞄一眼觀看我的表情。

我不知道現在自己擺出什麼樣的表情，但是女僕臉上那種不正經的感覺已經消失了，而是愣愣地笑說：「哎呀，真是的。沒想到您似乎把事情想得很嚴重——不會有事的，可瑪莉大小姐。您用不著鑽牛角尖。」

「可是——」

「難道您忘了嗎？將我從黑暗中拯救出來的人，就是可瑪莉大小姐。在那之後我就一直強調自己很仰慕可瑪莉大小姐。而這份心意隨著我們正面迎戰各式各樣的困難，也變得越來越強烈。我哪裡都不會去的。」

「…………」

「您一直用那麼懷疑的眼神看我，我也不知道該怎麼辦才好……總而言之，我之所以會一直侍奉可瑪莉大小姐，都是因為被您那份從一而終的善良吸引。這樣的可瑪莉大小姐一旦征服世界，我會希望能夠待在您身旁見證那一切。」

「我哪裡善良了，還有我也不會去征服世界。」

「未來是不可預期的。」

這時薇兒又說了一句「啊啊對了對了──」，像是突然想起什麼。

「說起未來，透過我的【潘朵拉之毒】所預知的死亡命運，已經近在眼前了。但請您放心。我會像平常那樣，護住可瑪莉大小姐的性命。」

「真的沒問題嗎？妳已經清楚看到我死亡的影像了吧……？」

「其實直到現在為止，可瑪莉大小姐死掉的影像，我都已經看過五到六次了。」

「原來是那樣!?」

「但每次都能在發生前避免，所以這次也一樣。但難就難在我不清楚您會在什麼情況下死掉……」

聽起來有種前途未卜的感覺。但既然薇兒都說沒問題了，應該不會有事。

直到預言中的那一刻到來之前，我們還有時間可用。現在才在那邊大吵大鬧說：「我不想死！」這樣也沒意義吧。

那時沒來由地，我不禁發出苦笑。

若是以前的我，或許會嚎啕大哭，跑去當家裡蹲躲起來。但我已經習慣經歷這類險境了……當然這也是其中一部分原因吧，更重要的是我很信賴那些夥伴。我覺得這是一件很幸福的事情。

「……那我應該什麼都不用擔心吧？」

「這是當然的。我可是全宇宙中最愛可瑪莉大小姐的人——等到常世這邊的問題解決了，我們再一起回到另一邊的姆爾納特去吧。」

「…………這樣啊。謝謝妳。」

街道上的音樂不知不覺間已經消失了。想來也差不多是夜深人靜，該入夢鄉的時間了吧。

我眼前站著用溫和雙眼俯瞰我的女僕。

我稍微猶豫了一下，這才輕輕握住她的手。

「咦？可瑪莉大小姐，您……」

「今後也要請妳多多指教。我很想睡了，先來去睡。」

「咦——啊，是。」

再來我放開薇兒的手，一股腦地跑回屋內。

也不知道為什麼，我的心很躁動。說「想睡覺」是騙人的，其實我精神好得不得了，但發現自己心情高昂，總覺得有點難為情。我鑽到屬於自己的被窩裡，用力閉上眼睛，開始數羊。

從陽臺那邊，我聽見薇兒的輕喃聲傳來。

「可瑪莉大小姐……在害羞……？該不會要世界末日了吧……？」

我沒有在害羞好不好，那就很像是對部下的信賴表現啦。

……只是我的注意力一直放在薇兒身上，以至於都沒有發現到。

那就是原本應該在艾絲蒂爾身旁呼呼大睡的柯蕾特，忽然翻了一個身。她的雙眼充滿驚訝和困惑，大大地睜開了。

☆

隔天早上，連太陽都還沒升起，我們就在那個時間點出發了。

納莉亞待在被窩裡，像隻烏龜一樣，連動一下都不肯，嘴裡說著：「再睡一小時～！」為了把她叫起來花了一小時，但這樣應該還在可以容忍的誤差範圍內吧。

——距離死亡命運到來，還有三天。

只要在沙漠中走一天，我們就能前往通過後能夠去姆爾納特的關隘。眼前景象一如既往，依然是跟地獄沒兩樣的火辣辣日照光景。敵人似乎還沒來到這裡，納莉亞還說：「會不會是他們不至於連科雷特帝國的領土都攻打啊？」

我們的沙漠之行，一路上並沒有出什麼狀況。

在太陽下山之前，一行人就已經抵達關隘，然後我們拿出公會證明，離開科雷特帝國。

再過去就是姆爾納特帝國了——也就是柯蕾特的故鄉。

在關隘附近，城鎮的規模都變得比較小。

我們帶著駱駝來到租借用的店鋪。

另外還有一件事，就是夏洛特不知為何一路上連句話都沒說。不管我再怎麼對他說話，舉凡「喂！」、「你說些話嘛～」、「今天也好熱喔」，他都堅決閉口不語。我還因此被人當成「在跟駱駝說話的怪人」，真遺憾。

在這之後我跟大家說：「我去跟夏洛特道別，妳們等我一下。」然後就前往櫃檯。

也許這傢伙有他自己的規矩，例如「不方便在一大群人面前說話」之類的。

「……喂，夏洛特，為什麼你都不說話。」

「我的名字不叫夏洛特。」

這傢伙明明就會說話……

他從鼻子裡「哼」了一聲，接著滔滔不絕地開口。

「順道跟妳說說，關於我為何不說話的理由，那都是為了保密。我在從事間諜活動的時候，都要扮演平凡的租借用駱駝。不想讓太多人知道真實身分。」

「果然是那樣啊。但如果我到處廣播跟人說『這傢伙會講話喔！』，你打算怎麼辦？」

「人們只會覺得妳怪怪的。」

的確是。這點我打從心底感到認同。

「那接下來——長途跋涉辛苦了。但我負責科雷特帝國那邊，沒辦法跟妳去姆爾納特。祈禱妳們接下來走的路會既有意義又愉快。」

「謝謝你。」

我摸摸夏洛特的頭。

「多虧有夏洛特，我湧現希望了。我們要去找媽媽……你接下來有什麼打算？」

「我要繼續當間諜。不是只有阿爾卡而已，還必須注意『星砦』的動向。」

「星砦？」

「那是其中一個月級傭兵集團。對了對了——這件事情應該也要先跟妳說一說。由於國與國之間互相爭鬥，常世這邊陷入一片混沌，但那個星砦很有可能就是在這背後操控一切的人。」

我當下變得警惕起來。

如果是以前的我，頂多回答「哦～」就了事了吧。

可是在華燭戰爭中汲取過失敗的經驗，已經讓我的警戒心稍微提升了。

星砦。

這字眼好像在哪邊聽過……對了，在夭仙鄉那一戰的最後。迦流羅的哥哥突然間現身，在自言自語間提到這個詞。

——看上去還真慘。星砦那幫人根本不知道手下留情為何物。

「是不是尼爾桑彼？是那傢伙所屬的組織嗎……？」

夏洛特眨眨那對大眼。

「對，『死儒』蘿莎・尼爾桑彼就是星砦的一員。可是那傢伙早就已經被妳打敗了。如今構成問題的——將會是首腦『夕星』。不，比起首腦，一直在檯面上活動的『骸奏』特萊梅洛・帕爾克史戴拉才是更重要的吧？想來這個人一直暗中動手腳，就為了在常世挑起爭端。」

「咦……？」

「就算名字和長相都曝光了，她依然處變不驚，積極做些壞事，這個人不簡單。她的目的就是要『挑起無益的紛爭』。去煽動各國的要人，要讓戰爭爆發。是極度冷血又好戰的人……若是被她盯上，馬上就會被大卸八塊。」

出現一個讓我大感意外又耳熟的名字，害我心頭一驚。

特萊梅洛．帕爾克史戴拉。她正是在最初那個城鎮中幫過我的琵琶法師。

☆

穿越科雷特帝國後，緊接而來的是一片溪谷風貌。

沙漠突然間就沒了。那種感覺就很像一腳踏進異世界。這也難怪，若是看了地圖會發現只有科雷特帝國的領土，莫名其妙是一整片沙地。到底是基於什麼樣的原理才會變成這樣，這讓我感到好奇。

我們五個人在崎嶇不平的道路上前進。

可能是附近有河川在流動的緣故，溪谷的空氣好涼快。

其實我們應該要在關隘附近住一晚，這樣好像會更好，但目前不知道阿爾卡那幫人什麼時候會來襲，一直在同一個地方逗留不太好。聽說一直走到入夜，我們就能來到一個溪谷間的城鎮，於是我們決定再多努力一下子。

「——都說這是夏洛特說的，特萊梅洛是『星砦』這個邪惡傭兵集團的成員。還是尼爾桑彼的同夥。」

「可是那個琵琶法師幫過我們啊？比起身分不明又會說話的駱駝，妳覺得哪個更值得信賴？」

「唔……」

我跟納莉亞並肩走在前頭。

從剛才開始，我就一直在解釋特萊梅洛的事情，但是納莉亞總是不相信——而且這一套論調幾乎都要被她推翻了。的確，若說那個看起來人很好的琵琶法師其實是殺人魔的同夥，一時間也很難讓人相信。

另外薇兒和柯蕾特從一開始就沒在聽這些，而是在後面互相出謎語遊玩。至於我能依靠的對象艾絲蒂爾，她面對柯蕾特提出的難題——「就算被人拉走還是被人坐走，數量也不會減少的椅子是什麼呢～？」，想來想去還是想不出答案，正在為此抱頭苦惱。

「現在還不知道誰是敵人誰是自己人。我們也不是聽到什麼事情都要照單全收——總而言之只能先前往帝都了。」

納莉亞在說這番話的時候，穿插了一聲嘆息。

也許去想特萊梅洛的事情，真的沒什麼用。

就算她是壞蛋，如今的我們也沒辦法做些什麼。

「……說得也是，而且那樣才能見到媽媽。」

「對啊，還能再見到老師，真的就像做夢一樣。」

納莉亞好像很開心的樣子。以前阿爾卡王國還存在的時代，她曾經是我媽媽的學生。

「她已經拜託我照顧可瑪莉了。妳有了多麼大的成長，我想要讓她看看。雖然身體完全沒有長大，但我想老師看了一定會驚訝到連腰都打不直。」

「那納莉亞妳自己呢？」

「咦？」

「如果見到媽媽……見到老師的話，妳打算怎麼辦？」

「這個啊。」

她臉上浮現有點笨拙的笑容，接著開口。

「我想跟她說我把阿爾卡奪回來了，還成為總統。我有沒有好好遵循老師的教導，想要請她確認看看……雖然我很擔心，不知道會不會被罵。」

「我想應該沒問題啦。媽媽若是見到如今的妳，一定會很高興的。」

納莉亞當下用錯愕的目光看我。

「一定是那樣的啊？因為妳一直都很努力當好總統。在夭仙鄉那邊，妳還戰勝尼爾桑彼操控人的攻勢，連在常世這邊，也一直引導我們。若是沒有妳，大家早就被阿爾卡的士兵幹掉了。」

「……別、別突然說這種話啦。」

納莉亞臉都紅了，眼睛看向別的地方。

她難得會有這樣的反應，感覺還滿有趣的。這個桃紅色的總統重新將背包背好，視線對往前方，還用手一圈一圈繞著自己的頭髮，接著她再度開口時，一副很難為情的樣子。

「我只是在做原本就理所當然該做的事情。因為那也是我的職責……」

「但我覺得這樣很厲害啊。像我就連人家交派給我的分內工作，我都沒辦法好好完成。我也好想變成像納莉亞這樣積極又有領袖特質的人……」

「唔…………」

不知道為什麼，她變得很害羞，還詞窮了。這樣的反應很不像英明的「月桃姬」會有的。

當我一直在觀察她，半路上突然發現一件事。

「……難道說——納莉亞妳不習慣被人正面誇獎？」

「那、那是因為！」

納莉亞是非常正直的人。基於這點，我覺得這些反應很有她的風格。

「那是因為，我周遭都沒有人會這樣對我說……」

「是嗎？但我覺得凱特蘿好像一直都在誇獎納莉亞呀。」

「那有微妙的差別啦。凱特蘿和雷因史瓦斯都是我的女僕，所以她們當然會讚賞我。可是像可瑪莉這樣的人，是地位跟我對等的朋友，這種人一旦跟我說那些話……我就會覺得很難為情。妳說妳要怎麼彌補我，妳要負起責任喔。」

懂了懂了。原來這個小小的總統也是有很多屬於她自己的問題。

仔細想想會發現我一直在給納莉亞添麻煩，那我就應該表達感謝之意，在這個時候全力誇獎她——於是我臉上變得笑咪咪的，將手放到納莉亞的桃紅色頭髮上。

「納莉亞好厲害！好努力！多虧有納莉亞在，今天的飯也特別好吃！謝謝妳，納莉亞——好乖好乖。」

「什麼……別……別、別摸人家啦啦啦啦啦啦啦啦啦啦啦!!」

納莉亞口中發出像貓咪哀號聲一樣的慘叫聲，後退了好幾步。

我的手浮在半空中，就這樣呆愣在原地。納莉亞的臉變得一片通紅，一雙眼盯著我看。

妳還好嗎？個人形象沒有崩壞吧？

「妳摸頭的動作很像老師啦！明明就是妹妹，居然敢做這種事情！」

「妹、妹妹……？我什麼時候變成妹妹了!?」

「從之前開始就一直說妳是妹妹啊。既然妳是老師的孩子，那就像是我的妹妹一樣。」

「不對吧，要說誰是姊姊誰是妹妹，那我應該是姊姊啊！因為我的精神層面更加成熟……夠了喔！不要隨隨便便摸我！」

「這是在回敬妳！當妹妹的就乖乖給姊姊摸就對了！好乖好乖好乖好乖。」

這傢伙居然摸得這麼不客氣。

……好吧就算了。反正很舒服，直到納莉亞摸到盡興之前，我就隨便她吧。

妹妹想做什麼就讓她自由去做，這也是身為姊姊該有的寬宏大量——才剛想到這邊，薇兒就突然介入我們兩個之間。她的臉頰都鼓起來了，看起來已經進入不開心模式。

「麻煩妳們不要那麼相親相愛，已經能夠看見城鎮了喔。」

這下我們兩個才回過神看向前方。

那裡有個部分形成窪地，能夠看見無數的建築物身影。

那裡就是姆爾納特帝國境內的第一座城鎮，也是我們今晚要住宿的地方。

在背後的艾絲蒂爾忽然大叫一聲：「剛才那個是問題出錯了吧!?」柯蕾特則是笑著說：「妳現在才發現啊!?艾絲蒂爾好遲鈍喔。」看來那兩個人意外合得來。總之我還是先祈禱一下，希望她們不會吵起來。

「——那我們過去吧，可瑪莉大小姐。今天晚上一起睡。」

「也好，我們在一起……在一起睡，這我還要考慮考慮。」

「哎呀？原來嬌羞期已經結束了嗎？」

「那種時期從來就沒開啟過！我們走了啦！」

現在這個時間帶，天空中已經差不多要出現閃爍的星星了。

我們走下坡道，目標是前往那座城鎮。

☆

可是我們的期待卻在瞬間落空。

那裡的確是一座城鎮，然而卻沒有人煙。不管再怎麼走都沒人，而且道路和建築物各處都有龜裂痕跡——也就是說這裡曾經遭受破壞。

我看看擺放在店鋪屋簷下的商品。

那些蔬菜和水果都腐敗了，發出很濃烈的臭味，感覺這裡已經有一段時間沒營業。看到那些嗡嗡嗡飛來飛去的蒼蠅，艾絲蒂爾嚇到叫出一聲「呀！」。

「那、那個……閣下？這裡真的是一座城鎮嗎……？」

「怎麼看都是一座城鎮，但感覺這個地方已經被人們遺忘了……」

「應該是幾天前遭受戰火波及吧。」

納莉亞看著地圖插嘴道。

「其實在關隘那邊，我有偷聽到一些話。聽說姆爾納特南方那邊有阿爾卡和其他國家的軍隊在作亂……早知道那個時候就應該多跟他們打聽一些。」

「怎麼會這樣……意思是說其他國家的軍隊自行闖入？那這樣設關隘就沒意義了啊。」

感到不寒而慄的我放眼環顧四周。

這座已成廢墟的城鎮被星光照亮。也許那些軍隊人馬曾經燒殺擄掠過。有好幾戶人家用來通往廚房的便門都被破壞掉，能夠看見有不明人士強行入侵的痕跡。我總覺得在某個角落或許會有屍體倒臥，害我不由得渾身顫抖。

「……就跟我的村莊一樣。」

這時柯蕾特突然自顧自說起話來。

「那些人突然出現，將我們的生活徹底粉碎掉。很多人都因為這樣深陷悲傷之中……就連我和『薇兒』也是……」

「柯蕾特小姐，雖然我沒立場說這種話，但那種事情多想也沒用。今天我們還是早點休息吧。」

薇兒摸摸柯蕾特的背。她一臉沉痛地點頭，嘴裡回了聲「嗯」。

但就算要我們休息……擅自入侵旅店真的好嗎？艾絲蒂爾都在說：「不能白住！」開始露營了耶。

然而這個時候，納莉亞卻提出令人感到意外的提議。

「既然有這個機會，我們就看星星睡覺吧？我去雜貨店那邊偷睡袋。」

「咦？妳要去偷？」

「說錯了！我要去雜貨店那邊撿睡袋！」

看來她是刻意選擇野營。

不管是非法入侵還是偷東西，都一樣是犯罪行為……但就算了吧。反正艾絲蒂爾好像沒聽到這段對話。

常世的夜空跟珠寶盒一樣美麗，讓我的心情開始雀躍起來。

雖然沒辦法洗澡會很噁心，但這也沒辦法——沒想到艾絲蒂爾在城鎮外圍發現一座瀑布。這個城鎮就開闢在溪谷中，所以水資源才會那麼豐富吧。仔細看會發現瀑布水塘旁邊還設了很像更衣間的地方。或許這邊的居民平常就會用來沐浴。

我們就在那邊洗洗衣服，清清身體什麼的。

雖然還發生全裸薇兒過來抱我的事件，但這也不是多麼值得一提的現象，就別提了吧。只是她被柯蕾特冷眼看待後，嘴裡發出一聲「嗚！」，還一副害怕的樣子，這點令人印象深刻。明明就是變態女僕，學人家恢復什麼理智啊。

後來我們便在星空下升起營火，圍繞在火堆旁。

望著那些劈劈啪啪燃燒的火焰，我嘴巴裡面嚼著用來當晚餐的魚（這是剛才艾絲蒂爾赤手空拳抓到的）。我們從科雷特帝國那邊買來香辣口味的香料，吃起來很美味。

「啊！我還有買點心，要不要吃？」

納莉亞從背包中拿出各式各樣的甜點。

有巧克力、棉花糖、塊狀羊羹、醋昆布……柯蕾特嘴裡發出「哇——！」一聲，開始選點心。我不禁回過頭看納莉亞。

「買這麼多沒問題嗎？這樣錢會不會不夠用？」

「跟好朋友一起吃點心，這正是遠足中的醍醐味吧？再說——冷靜下來想一想，其實借的錢也不用還啊。只要回到原來的世界，那些人根本就沒辦法追到我們。」

這樣的想法也太毒辣了。艾絲蒂爾都已經擺出不敢苟同的表情了。

「克寧格姆總統……跟人家借的錢不還，這樣是違法的喔……？」

「什麼啊？我們又不是常世這邊的人？有義務遵守常世的法律嗎？」

「我覺得有。用正常人的觀點來思考是那樣沒錯——」

「那樣是不行的啦。舉例來說，科雷特帝國好像還有一條法律，就是『一天中有一餐一定要吃咖哩』。可是我們是外國人，不用遵守沒關係。」

「是……咦？」

「也就是說我們根本沒必要遵守常世的法律。就算跟人家借錢跑路，我們也可以裝作不知情——來吧，艾絲蒂爾妳也吃一下巧克力吧。」

「不……那個——就是……咦？咦咦咦？」

艾絲蒂爾一臉面有難色地咬起巧克力。她似乎也因為旅途而變得疲憊。換作是平常，她對於納莉亞的詭辯照理說應該是不屑一顧才對。

這時柯蕾特突然「啊」了一聲。

她手裡握著帶了棍棒的糖果，臉上神情變得正經八百。

「妳怎麼了？這個是草莓口味的糖果吧。」

「這個……是賢者大人最喜歡的糖果。」

「好吧的確，若要說喜歡還是不喜歡，我是挺喜歡的。」

「妳是那種把自己當成賢者的神經病啊？——就那個啊，之前跟妳們說過的。所謂的賢者大人，那是在六百年前平定這個世界的吸血鬼啦。」

這麼說來，印象中她好像有說過這件事。

原來在這個世界裡，除了我，還有其他賢者存在。

「妳們知道嗎？這個糖果的發源地，其實是我的故鄉喔。」

柯蕾特在說這話的時候，語氣很得意。我聽完愣住。

「但我覺得這個東西好像到處都有耶……？」

「那是因為賢者大人讓這個東西遍布各處。賢者大人非常喜歡這種糖果，所以才下了命令，要在世界各地生產這樣的東西。另外跟妳們說一下，最原始的版本是用血和砂糖混合，專門做來給吸血鬼吃的。據說在姆爾納特以外的地方，都換成草莓口味的了。」

柯蕾特將那個糖果放到薇兒眼前搖來搖去。

「對了薇兒，妳對這個有沒有印象？我常常跟那個兒時玩伴『薇兒』一起吃。」

那時我心中感到一陣詫異。

在柯蕾特眼中，隱約能夠看見在試探些什麼的色彩。

「在另外一個世界裡，這也是很尋常的販售商品。另外基於諸多緣由，我甚至還製作過。」

「喔——」

不知道為什麼，柯蕾特看起來變得很遺憾的樣子，並抬頭仰望夜空。我不明白她內心是怎麼想的。

但這些姑且不論——那個賢者大人到底是什麼人呢？

說起很喜歡吃鮮血糖果的吸血鬼，我就只想到絲畢卡。難道說那傢伙其實是創造常世的神明？這怎麼可能，啊哈哈。

納莉亞手裡捏著棉花糖，臉上綻放笑容，嘴裡說了句：「接下來～」

「我們接著來玩些什麼呢？夜晚還很長喔。」

「妳應該去睡覺才對吧？否則到時候又會賴床？」

「我沒定過起床時間，所以至今為止都沒有睡過頭。」

「妳說謊！因為妳會賴床的關係，之前還差點害死我們！——妳要多跟艾絲蒂爾學習。艾絲蒂爾是好孩子，她已經就寢囉。」

「未免太快了吧!?有確實刷牙嗎!?」

「艾絲蒂爾好像很累的樣子，就讓她睡吧。那我們來玩校外教學的時候一定會玩的遊戲，大聊『戀愛話題』吧。還有我喜歡的人是可瑪莉大小姐。」

「不要突然做那麼殺風景的告白啦！」

當我們胡鬧一陣子後，夜也深了。

艾絲蒂爾睡得好熟。薇兒則是進入失控狀態，一臉認真地找我洽談：「到底該怎麼做才能讓可瑪莉大小姐落入我手中？」柯蕾特一聽到這句話，臉頰就跟著鼓起來。我回她：「誰知道啊，笨蛋」，薇兒再接：「那我們來問問克寧格姆小姐喜歡誰吧？」這把火莫名其妙燒到納莉亞身上。這個桃紅色的總統紅著臉說：「沒那種對象啦！」再來就陷入沉默。

這樣真的好像在旅行喔。

對於一個家裡蹲吸血鬼來說，這是新鮮不已的體驗。

我覺得心情好滿足，帶著這樣的感覺度過夜晚時光。嘴裡吃著點心，跟人開開心心聊些沒營養的閒談話題，最後瞌睡蟲害我的意識朦朧起來，於是我就鑽進睡袋裡。

在那之後大約過了一小時左右，天氣開始變差。

夜空中出現厚厚的暗色雲層。月光也被遮住了，整個世界充滿了黑暗。將自己包在睡袋裡，原本還望著那些星星的我突然有種感覺，那就是有水珠滴滴答答地落在鼻尖上，害我整個人跳了起來。

「好冰!?——各位！下雨了啊!?」

可是薇兒、艾絲蒂爾和柯蕾特似乎都還沒有發現這點。

我去搖晃離我最近的納莉亞，然而她卻含糊不清地說著：「有好多好多的棉花糖……」，滿嘴都是謎樣的夢話。這個桃紅色少女就連早上都起不來，哪有可能在深夜中清醒過來。

可是雨勢變得越來越大，這就另當別論了。

我用力捏著納莉亞的臉，在這段期間內，大顆大顆的雨滴大量降下。薇兒和艾絲蒂爾這才慌慌張張地跳了起來。柯蕾特則是問道：「怎麼了～？」睡眼惺忪地撐起上半身。因為雨水滴到納莉亞口中，她終於睜開眼睛了。

「咦？這是雨……？不對……是沐浴在檸檬汁下……」

「妳還沒睡醒啊!?這樣會感冒的，我們要趕快換地方！」

「閣下！我已經先把行李全部收拾好了！來吧我們走，柯蕾特小姐。」

「真不愧是艾絲蒂爾。可瑪莉大小姐，我們先暫時到那個房子裡避難——」

這時忽然有轟隆隆的雷聲打下。

我看這下天氣是真的要變差了——正為此感到不安，緊接著在下一刻，薇兒就突然變得像一根硬邦邦的鐵絲一樣，渾身僵硬。

「……嗯？妳怎麼了，薇兒？」

「沒……沒什麼……什什什什麼事都沒有……」

那時天空又亮了一下。

薇兒看見這個景象，嘴裡跟著發出奇怪的「呀嗚！」聲。

「……不對，妳的情況不管怎麼看都很奇怪啊？是不是身體不舒服？」

「我很好！真的很好，什麼問題也沒有！我們趕快到建築物裡——」

她明顯是在故作開朗，正當她打算邁開步伐，那瞬間又有事情發生。

霹唰————!!

伴隨著一陣足以貫穿天地的聲響，一道落雷降下。

「呀啊啊啊啊啊啊啊!!」

「喔哇啊啊啊啊啊啊啊!?」

我還以為自己要被雷打到死翹翹了，有股如此大的撞擊力襲遍我全身。

等到我發現的時候，那個變態女僕已經把我壓倒在泥地上了。

咦？是這傢伙救了我嗎？——雖然我這麼想，事實上卻不是那樣。從光和聲音與我之間間隔來看，位置上明顯是錯誤的。我反而還因為女僕的衝撞飛了過去。

她把臉埋在我的胸口上，一動也不動。

「薇兒……？」

「……我不要緊的。」

女僕慢慢將臉抬起來。

那一如既往的冷酷表情浮現在我眼前。

但我卻能感受到微妙的差異。從她雙眼中流下的似乎不是雨水，而是淚水。這時天空再度發出轟隆轟隆的聲音。緊接著薇兒就皺起眉頭，身上開始陣陣發抖。不對，這樣很重，拜託不要在我身上震動。

「可……可瑪……可瑪可瑪……可瑪莉大小姐……是雷……」

「對喔……這麼說來，妳好像很怕雷電……？」

「我不是害怕……只是從以前開始就很討厭。」

霹唰唰唰唰唰唰唰!!——又是一陣轟然巨響。

薇兒口中發出很像女孩子的「呀啊啊啊啊!」悲鳴聲，並緊緊抓住我。

原來無敵變態女僕也有弱點。

那就是雷電。但在這方面她好像是真的很害怕，就連平常一直在找薇兒弱點的我都無法半開玩笑地說:「耶——妳害怕雷電耶~!」因為她看起來很可憐。

「可瑪莉!妳快點過來啦!」

納莉亞她們早就已經跑到建築物內避難去了，是她們在大聲呼喊。

我伸手溫柔撫摸薇兒的頭。

「不會有事的，薇兒。只要有我在妳身邊，雷電一點都不恐怖。」

「容我說句話，可瑪莉大小姐。我這並不是在害怕。我根本就沒有害怕的東西，那單純只是身體基於條件反射才有的反應。」

「是這樣啊?那我們去找納莉亞她們吧。」

「…………是。」

我一把拉住薇兒的手，接著便站了起來。

好不容易才洗好澡，現在全身又因為雨水和泥巴變得溼滑泥濘。

我是很想再生火取暖，不過——

滋噹。

「……咦？」

突如其來地。混雜在雷雨聲之間，好像有一股熟悉的音色流淌而來。

我漫不經心地轉頭。

就在城鎮的入口那邊，有某個人正朝我們靠近。不，那可不是只有「某個人」。而是有一大堆人踩著溼滑的地面奔跑過來——在我看來好像是那樣。

「？可瑪莉大小姐？您怎麼了？」

眼下正抓著我不放的薇兒狐疑地歪過頭。

我有一股不祥的預感。

雖然還不確定。但總覺得我似乎即將迎來某種詭譎的命運。

最終某個人還是從雨中現身了。

「——別來無恙，今晚的天氣真好。」

豔紅的微笑。遮住雙目的覆帶。手插在鬆垮的袈裟口袋中。背上背著我不是很熟悉的弦樂器——琵琶。

她就是「骸奏」特萊梅洛・帕爾克史戴拉。

月級傭兵集團「星砦」的成員之一。

另外夏洛特還說過——他們是為常世帶來戰亂的世紀大壞蛋。

「特萊梅洛……妳怎麼會在這裡？」

「是尼爾桑彼卿聯繫我的。我之前都沒有注意到——沒想到黛拉可瑪莉・崗德森布萊德小姐將會妨礙我們『星砦』成就心願。」

特萊梅洛用清晰到不可思議的聲音如此說道。

這個少女果然是敵人。在最初相遇的那個城鎮之所以會對我伸出援手，不過是因為她還不知道黛拉可瑪莉・崗德森布萊德的底細罷了——

納莉亞和艾絲蒂爾紛紛跑了過來，她們嗅到不尋常的氣息。

「妳來有什麼事？還特地橫越沙漠追過來，可真是熱心呢。」

特萊梅洛口中「呵呵」一笑，臉上浮現楚楚可憐的笑容。

「我並沒有橫越沙漠。只要繞路走多馬爾共和國那邊，就不用跟科雷特帝國起衝突，而且能夠入侵姆爾納特。但我更希望起衝突就是了——但我想阿爾卡那邊的人會比較想要避免損耗吧。」

「妳在說什麼……？」

「我並沒有打算殺了妳們。不分青紅皂白殺生，那跟我奉行的戒律相牴觸……只不過我接受了委託，要告知可瑪莉俱樂部的所在地。」

特萊梅洛的視線望向背後。

我聽見無以計數的鞋子踩踏聲。不管是我還是薇兒，我們都吞了吞口水僵在原地。最終隔著那片雨水，有人現身了——是我們曾經見過的那群盔甲士兵。可是人數可不是上回比得上的。這裡很暗，我看得不是很清楚——但我想總人數搞不好有百人以上。

莉亞將手放在雙劍刀柄上，擺出備戰姿態。

「糟透了。沒想到已經被追上……」

「呵呵，就算逃進姆爾納特，也不代表完全安全。在常世這邊，哪還找得到毫無紛爭之地——而且我感覺到了，這裡將會引發新的鬥爭。」

身上穿著盔甲的那群人靠近了。那些人擺明就是要來殺了我們，渾身殺氣十足。

薇兒都已經被雷電嚇破膽了，我將她藏到背後，嘴裡大聲喊叫。

「先……先等一下！我們沒必要在這裡打起來吧！今天時間都已經那麼晚了耶!?」

「妳說的話還真有趣呢。可是他們的怒火並沒有消弭。巫女姬從阿爾卡政府的手中溜走，而且這個巫女姬還偷走宮廷的金銀財寶。為了顧及面子問題，他們還說務必把這個人殺了。這麼做的人實在是太卑鄙太沒品。」

「啊……!?還有金銀財寶……這是怎麼一回事啊，柯蕾特!?」

「我不知道啊!!」

從建築物飛奔出來的柯蕾特，口中發出悲痛的呼喊聲。

「我根本不知道有那種事情！光是為了逃跑，我就已經拚盡全力了啊!?」

「是嗎？可是阿爾卡宮廷那邊說有好幾個國寶消失了。」

「怎麼會那樣……」

從柯蕾特的眼神來看，她並沒有說謊。

就連之前那輛馬車上也沒有放置類似的物品。

就在那一瞬間，我看出了特萊梅洛·帕爾克史戴拉有多麼殘酷。

這傢伙——恐怕都是為了激怒阿爾卡，才讓人背上莫須有的罪名。

納莉亞將雙劍拔出。薇兒雖然在發抖，但還是拿出暗器。艾絲蒂爾則是顯得很緊張，手裡緊緊握著魔力鎖鍊。

特萊梅洛臉上帶著淡淡的笑容，並如此宣示。

「我的任務到這邊就算結束了。來吧，阿爾卡的各位——你們要多加油喔。」

☆

伴隨著陣陣喊叫聲，那群身穿盔甲的人朝我們來襲。

「這些傢伙……！我可是阿爾卡的總統……！」

納莉亞揮舞雙劍，將第一個衝過來的人砍飛。

每當金屬和金屬互相碰撞，刺耳的聲音就會跟著響起。

夜間校外旅行在轉眼間化作鮮血淋漓的修羅場。

不管是薇兒還是艾絲蒂爾，她們全都在揮舞著武器，果敢迎戰。看來阿爾卡士兵的身手並沒有多好，是連她們都能夠應付的程度——但在人數上可就不是這麼一回事了。

敵人像是永無止盡一樣，源源不絕地冒出。

就算一再被我們打倒，還是接二連三朝我們衝過來。

我們實在太過寡不敵眾，若是繼續放任情況如此發展下去，那確實會對我們很不利。

「可瑪莉大小姐！我們先暫時撤退——呀啊啊啊啊啊啊啊!?」

雷聲再度轟隆作響。薇兒眼裡滿是淚水，變得渾身僵硬。

沒有放過這個好機會，其中一個盔甲人舉起刀劍揮舞，朝她猛刺過來。

「薇兒小姐！」

「唔啊！」

不過艾絲蒂爾放出去的魔力鎖鍊把敵人掃倒了，真是千鈞一髮。

我這才鬆了一口氣。看來艾絲蒂爾也終於要拿出真本事了。她用銳利的目光看著那些阿爾卡士兵，嘴裡大喊出聲。

「你們是常世的人！所以你們有義務要遵守常世的法律！我在科雷特帝國的圖書館調查過，若是沒頭沒腦突然在這個世界作亂，似乎是違法的！所以——我這樣作戰都是出於正當防衛！」

因為沒有魔力，所以她沒有辦法像平常那樣自由自在操控武器，但艾絲蒂爾還是很強。被鎖鍊引導的必殺刀刃伴隨著風切聲，蹂躪那些廢墟街道。身上穿著盔甲的人們全都發出悲鳴聲，紛紛倒趴在地上。

我望著夥伴們奮戰的景象，手裡的拳頭用力握緊。

對了，現在不是悠哉觀戰的時候。大家都在努力，卻只有我一個人躲在這裡發抖，未免太讓人羞愧了——想到這邊，我朝著四周東張西望起來。

薇兒、艾絲蒂爾和納莉亞看起來都很忙。

可惡……雖然現在才想到，但我是不是該找個瓶子之類的，往裡面裝些血，放在身上帶著走啊？

為什麼我連這麼簡單的事都沒注意到。笨蛋。蠢豬。少根筋。

「——柯蕾特！」

就在這個時候，我發現酒桶後面藏了一個天藍色的少女。

現在沒空在那裡挑三揀四了。我在亂糟糟的戰場上奔馳，匆匆趕往柯蕾特身邊。

一發現有人靠近自己，柯蕾特就發出很奇怪的叫聲，喊出一聲：「唔哇！」

「別這樣！不要殺我！我還想回村子裡……！」

「妳冷靜一點！是我啦，黛拉可瑪莉！快點讓我吸血！」

「黛拉可瑪莉……!?妳是說吸血!?都這種情況了，妳還在說什麼啊!?」

「我只要吸血就能夠發揮超強的力量！就是烈核解放……不對，我身上擁有『能力』這種東西啦！」

「不要不要不要不要！去旁邊啦！這樣會被敵人發現！」

「妳這個不懂事的孩子!!難道眼睜睜看著薇兒受更多的傷害也無所謂嗎!?」

這話讓柯蕾特回過神，也讓她為之屏息。

果然遇到薇兒的事情，這孩子的態度就變了。我已經沒有多餘的時間去等她允許我吸血。趁柯蕾特還感到困惑的當下，趕快弄一弄了事吧——想到這邊，我伸出手。

但是卻沒能如願。

「咦——」

恍惚之間，柯蕾特的肩口處居然有液體噴出。

現在天色很暗，一開始我還看不出那個是什麼。跟雨水不一樣，一股黏稠的觸感沾染在我的手上。那種氣味很特殊，於是我很快就發現這個是血。

「喂……柯蕾特!?」

柯蕾特當場無力地倒下。

我看著刺在她背後酒桶上的刀劍。

她這是遭到作戰的池魚之映，想來就是被那個刺到肩膀吧。運氣好差——

「——原來這後方不是只有巫女姬一人啊，剛才算是撲空了。」

滋噹，滋噹。在下雨的聲音裡，混雜著琵琶的聲響。

特萊梅洛・帕爾克史戴拉就站在我們身後。

她並沒有攻擊，而是帶著哀傷的神情，望著在市區街道那邊發生的戰鬥。

我也跟著看向夥伴所在的位置。

艾絲蒂爾的側腹被刀刃砍中。魔力鎖鍊「唰啦」地摔落在地面上，那個紅褐色的新人吸血鬼連一刻都撐不住，就這樣倒了下去。

看到這一幕，納莉亞在瞬間停滯了一下。雙手的兩把劍分別被彈開，劃出桃紅色的軌跡飛了出去，她當下驚訝地睜大雙眼。有個士兵瞄準她的腹部，用力踢了一腳。

夜空中再度有雷聲作響。薇兒原本想要去幫助她們，動作卻因此變得遲鈍起來。

身上穿著盔甲的人全都發出歡喜的呼喊聲，朝著敵人砍殺過去。

「這下都結束了呢，黛拉可瑪莉小姐。」

特萊梅洛輕輕地笑了一下。

「這下如此憂傷的世間將會變得更為哀傷吧。」

「…………」

被絕望吞噬，我只能一個勁地杵在原地——那可不。

不能在這種地方結束。我還等著和媽媽重逢，要回到原來的世界。那些胡亂挑起戰爭的笨蛋，我是不會原諒他們的。

我瞪著那個琵琶法師，同時開口。

「……別搞錯了，特萊梅洛。我赴死的日子可不是今天。」

「什麼？」

我伸出舌頭去舔沾附在右手上的柯蕾特之血。

變化很快就出現了。

整個世界被染成紅色，不該存在常世中的魔力爆發開來。不管經歷幾次，仍無法習慣的暴力衝動，在我心中萌芽。

烈核解放【孤紅之恤】——

我飛翔起來，衝勢都快要把那些狂風暴雨抵銷掉。

那些來自阿爾卡的傢伙們全都害怕到跌坐在地面上。

這就對了。你們就該像這樣老老實實待著。這些人想要長命百歲的話，祕訣只有一個，那就是要拋下與人爭鬥的念頭，大家一起和樂融融吃頓飯。因此——

「——受死吧。」

☆

當我回過神，天空都已經變白了。不過依然下著傾盆大雨，因此天空也沒有多明亮。

原本就已經呈現廢墟狀態的街道，如今更是遭到破壞，連原形都不剩。應該是我放出某種魔法造成的影響吧。

在那四周，倒了好幾名來自阿爾卡的盔甲人。

還有——在一棟木屋附近，渾身是傷的特萊梅洛四肢癱軟，失去意識倒在那裡。我想在那種狀態下，她應該不至於來襲擊我們。

「嗚……」

那時我的左腳踝出現一股銳利的刺痛感，這一看才發現是一條切傷橫亙上頭。是【孤紅之恤】發動到一半的時候受傷的吧——可是我感受到的疼痛根本無關緊要。

我跑去確認那些倒下的夥伴，關切她們的狀況。

柯蕾特失去意識。肩口上的傷似乎不算太深。

另一方面，艾絲蒂爾的情況也許不太妙。被傷到的腹部好像很痛的樣子，她的身體陣陣發抖，臉色變得青白。若是我再振作一點，事情就不會變成這樣了……她們這樣實在太可憐了，而我覺得自己很丟臉，淚水撲簌簌地流出，忍也忍不住。

「我對不起……妳們兩個……」

「可瑪莉，我們要快點出發。」

納莉亞邊擦拭鼻血邊走向我。

她也有被人打到，臉似乎曾經用力撞在牆上過。但就算是這樣，她行動起來也不至於造成阻礙，當下我不由得鬆了一口氣。

「那我們要不要回關隘那邊？」

「往前進會更快吧。距離下一個城鎮，應該沒有間隔太遠。」

有人在確認地圖並說了這番話，她就是薇兒。

她是在這場戰鬥中唯一沒有受傷的人。

「我來背艾絲蒂爾，柯蕾特就拜託妳了。」

「先、先等等啦。我去背。不能再讓大家勉強去承擔那些……」

納莉亞臉上忽然浮現溫和的笑容，接著開口。

「妳也受傷了。像這種時候互相幫助是很重要的……但要是無論如何都很勉強的話，到時會再讓可瑪莉幫忙的。」

「嗯……」

我們為那些受傷的人簡單做些處理之後，一行人就從廢墟城鎮出發。

而在我心中盤據的，盡是鬱鬱寡歡的絕望感。

我害那些夥伴受傷。這樣根本沒臉去見媽媽——但我總不能一直為這些事情鑽牛角尖。

接下來我們能走的路，就只有往前進了。

我們身上穿著雨衣，在大雨中前進。

而且除了一些必要的話，我們都沒有再多談些什麼。原本心情上還像是在旅行，現在卻等同被人甩了一巴掌，想來薇兒和納莉亞都已經沒那種心情了吧。

腳上的疼痛感變得更加劇烈。

可是跟柯蕾特和艾絲蒂爾所受的痛苦相比，這根本連屁都不如。

我咬緊牙關，繼續承受那過分嚴苛的行軍之路。

「…………」

不曉得是不是在雨水拍打下走了很長時間的關係？

我心中逐漸冒出一股情感，像是在說「我已經受不了」。

我好想念位在姆爾納特的自家宅邸。想要關在房間裡，在床鋪上睡懶覺。自由自在看書。一個人獨處寫小說——

「——可瑪莉大小姐，您還好嗎？」

這時薇兒忽然用擔憂的聲音向我詢問。

看她的眼神能夠看出她是想要安慰我。光只是感受到這點，原本滯留在心中的悶悶不樂感就不曉得飛到哪去了。將我拉到房間外的，果然總是這位女僕。我點了個頭說「嗯」。

「我沒事，多虧有妳。」

「是……？但我什麼都沒做。」

「感覺是那樣沒錯……但其實並非如此。」

「……這話還真怪，可瑪莉大小姐。」

薇兒一副不怎麼釋然的樣子，她的目光再度望向前方。

只要有她在，我應該隨時都有辦法回到外面的世界去吧。往日汲取的那些經驗法則讓我對此非常有感。至於那些負面思考，我應該要全部拋棄掉。

忽然有一道光照射下來。

我驚訝地仰望天空。

在雲層的縫隙間，亮麗的陽光揮灑而下。

不知不覺間，雨勢似乎也變弱了。看來雲朵那傢伙差不多該累了吧。

此時納莉亞嘴裡發出一聲「哇啊」！

「雨終於停了呢！若是又開始下雨，我一定要把它砍死！」

「妳是打算砍死什麼啊。」

「啊——您請看，可瑪莉大小姐，出現下一座村莊的看板了。」

順著薇兒用手指指的方向看過去，會發現那邊立著一面破破爛爛的看板。這些字體我都不是很熟悉，所以很難看出是什麼，但是——上面好像寫著「再過去是拉米耶魯村」。

……嗯？拉米耶魯？那不就是柯蕾特的家族姓氏嗎？

納莉亞當下歪著頭說「好奇怪喔」。

「地圖上面寫著這裡是『捷爾村』。可是跟捷爾村之間的距離應該還有一小段才對……？」

在看板的引領下，我們進入林道。

這兩側排放了無數的小神廟，裡面都有看起來像是人型石像的東西坐鎮。身上還穿著用紅布做成的衣服，樣式很像巫女的服飾，是不是這個地區特有的宗教之類的……？

就在那時我發現一件事情，那就是薇兒顯得莫名不安。

「妳怎麼了？是不是會冷？」

「不……或許是我多心了……」

再來我們眼前的景象變得寬廣起來，一座小小村落的景色映入眼簾。

那裡擺放許多石頭建造的建築物。大概是因為時間來到中午時分的關係，有許多戶人家的煙囪都在冒著冉冉煙霧。

當下我心中的感想是：「終於到了」、「這裡不是廢墟」，有種安心的感覺。

這樣一來大家都能好好休息，自然讓人感到開心了。

「可瑪莉！薇兒海絲！我們趕快去叫人過來！」

「嗯！我們走吧，薇兒——薇兒？」

但是薇兒心中抱持的感想好像跟我們截然不同。

她睜大眼睛呆呆地站在那邊。曾經在某處見過的常世蝴蝶從她鼻尖前方拍著翅膀飛過，可是那對翡翠色的眼睛卻一直盯著村莊的風貌看。

「妳怎麼了？是不是累到走不動了？」

「……不，沒什麼。只是莫名覺得有種既視感。」

我心中出現騷動。

但既然薇兒都說「沒什麼」了，我想應該真的沒什麼吧。

像是要甩開那些不安，我用力眨眼好幾次，接著就拉起薇兒的手，跟上納莉亞的腳步。

——我再過兩天就會死。

說起這個拉米耶魯村，那是人口大約五百人的小村莊。

我們被人以極快的速度帶往診療所。

所謂的診療所，說白了就是用來治療疾病或傷口的設施。

常世這邊沒有魔核，好像有很多像光耶醫師這樣的醫生。

不管是柯蕾特還是艾絲蒂爾，她們都很快就清醒過來了。

有個戴著眼鏡的中高齡醫生說：「她們兩人都沒有生命危險。」

只是艾絲蒂爾的傷口情況比較微妙，算是很深，因此要住院一星期。

「很抱歉！我聽說在第七部隊這邊有條規矩，就是『敗給敵人要處以死刑』……！那個——！我是不是要先做好覺悟比較好……」

「不用做啦不用做！根本就沒有那種規矩！」

我看是約翰或卡歐斯戴勒擅自跟她灌輸的吧。

我要對他們處以「再也不做點心給他們吃的刑罰」。

這些先姑且不談──

「啊啊柯蕾特！妳總算回來了！」「幸好妳平安無事！」「她怎麼可能平安無事啊？都受這麼重的傷耶。」「對啊對啊！不能原諒阿爾卡那幫人！」「現在妳就先好好休息。我們會去跟人在帝都的村長聯繫。」

──在柯蕾特的床鋪四周，聚集了一大堆村民。

居然有這種巧合，我看到都傻眼了。

不瞞各位說，拉米耶魯村就是柯蕾特・拉米耶魯的故鄉。

這是一個世外桃源，用來培育巫女姬，連地圖上都沒有記載，算是一個祕密花園。我們好像是迷航漂泊到一半誤打誤撞進到這裡的。

「下一任巫女姬回來了」──這個消息在村莊中用光速迅速散播。從剛才開始，來訪的村民就絡繹不絕，大家都在說「太好了太好了」，紛紛過來探望。

柯蕾特雖然被大家又抱又揉的，但她好像笑得挺開心的。

我好像還是第一次看到那傢伙露出如此真誠的笑容。

不過她之前的旅途經歷那麼坎坷，這也難怪……

「看來有了意料之外的發展呢。」

納莉亞說這句話的時候，正在餵艾絲蒂爾吃蘋果。

「沒想到偶然經過的村莊居然是柯蕾特的故鄉……但真是太好了呢。看到那些村裡的人那麼高興，就連我們都跟著高興起來。」

「但我們完全被撇除在外，雖然這也沒什麼大不了的。」

我也在餵艾絲蒂爾吃蘋果，同時視線朝四周來回張望。

那些村民的眼裡就只看得到柯蕾特，其中甚至還有個老爺爺又哭又笑的。

「話說柯蕾特小姐很受大家喜愛呢，真不愧是下一任巫女姬。」

薇兒說這話時歪了歪頭，動手將蘋果塞到艾絲蒂爾嘴裡。

「但這樣一來不就顯得很奇怪嗎？明明是那麼受人愛戴的巫女姬大人，怎麼會拿來當成貢品？村裡的人應該不會同意才對……」

納莉亞再度用牙籤插起蘋果。看到這樣的景象，艾絲蒂爾嚇了一跳，嘴裡大喊：「不好意思！我已經吃得很飽了！」我們確實讓她吃太多了。於是我將原本還想餵給艾絲蒂爾吃的蘋果「喀嚓」一聲吃掉。

就在那個時候，在圍繞成一圈的村民中，有一名男性朝我們靠近。

他是拉米耶魯村的副村長，也是他帶我們來診療所的。

「可瑪莉俱樂部的各位，這次真是承蒙妳們關照。」

那個人帶著爽朗的笑容低頭鞠躬。

「不僅是拉米耶魯村，對姆爾納特帝國來說，柯蕾特也是很重要的巫女姬繼承者。幸虧妳們護送她回來這裡。」

「啊、沒有啦。我什麼忙都沒能幫上……」

那時我變得有點緊張，朝他低頭回禮。

那個人表現出一副惶恐的樣子，搖搖頭說：「怎麼會呢！」

「可瑪莉俱樂部是我們的恩人。我們今天預計要全村總動員開一場歡迎會，請各位好好地放鬆一下。我會代替村長款待各位。」

「村長不在這裡呀？」

「是啊……」

副村長此時露出看似困擾的笑容。

「村長夫妻算是巫女姬的監護人，三不五時就會滯留在帝都。他們在拉米耶魯村這邊的時間反而還比較少。」

「難道說……村長夫婦就是柯蕾特小姐的雙親？」

「正是如此。也不對，柯蕾特其實是被迎接來拉米耶魯家的養女，並不是有血緣關係的親子……不過這次真的很不巧。女兒回來了，他們卻剛好不在。」

薇兒回了一聲「嗯」，將手放在下巴上，一雙眼望著柯蕾特。

……？怎麼了？感覺變態女僕的樣子好像跟平常不太一樣……？

算了就別管了吧。總之先來好好享受這場歡迎會，希望能夠吃到美味的常世飯菜。

☆

從拉米耶魯村出發，前往帝都好像要花一個星期左右。

照理說我們應該要立刻出發才對，但艾絲蒂爾受傷了，因此我們得在這邊滯留一段時間。納莉亞還說：「我們已經在溪谷那邊擊退阿爾卡的軍隊，他們應該不會追過來。」

雖然我非常想要趕路，但目前還是先洗刷一下旅途的疲憊好了。

所以說，如今我們已經在村裡走動，前往即將用來召開歡迎會的集會場所。

另外還有一件事，那就是唯獨艾絲蒂爾必須要徹底靜養，於是她就在診療所那邊待命。感覺她好可憐，晚點再拿飯菜給她吃吧。

「薇兒，這裡就是我的故鄉拉米耶魯村喔！是很棒的地方對吧？」

「是，這個地方真的很不錯。」

「那妳要不要永遠住在這邊？雖然我們這裡好像不太能夠接受外人移居，但如果是薇兒，我想村裡的村民都會很歡迎妳！我看我也順便讓艾絲蒂爾強制移居好了。」

「是……」

「對了，妳對那邊的水車小屋有沒有印象？我常常在那裡跟童年玩伴一起吃便當……」

「這個地方我是第一次來。」

「也對喔。啊，妳快看！那邊能夠看見這個村子裡唯一一所學校——」

踩在溼軟的道路上，柯蕾特不停對薇兒說話。

我偷偷觀察她的背影。應該是因為回到故鄉的關係，她才會一下子變得這麼亢奮吧……雖然是這樣想，我卻覺得另外還有別的原因。

如今回想起來，會發現在我們從科雷特帝國出發後，差不多是從那個時期開始，柯蕾特身上的氣息就變了，開始會拿一些話來試探薇兒。

我不知道這背後代表什麼意思，但心中卻感到莫名地躁動不安。

「我說柯蕾特，能不能跟我們介紹一下村裡的觀光景點？」

這時我開口了，像是要介入她們兩人的對話。

柯蕾特嘴裡發出一聲「啊」，伴隨那聲像極不良少年的低吟，她轉過頭。

「知道觀光景點是哪些又怎樣？」

「沒什麼，我想說難得來這裡一趟，想要觀光一下。」

「在那個養馬小屋的後方，有一個有名的公共廁所；還是被登記在世界遺產裡的超強廁所，去看那個好了？我跟薇兒要去參加歡迎會。」

「廁所怎麼可能變成世界遺產……」

「哼，接下來妳會親眼見識什麼叫地獄。為了避免尿褲子，我才要妳先去上一上廁所啦。」

「妳的意思我有聽沒有懂。」

「噢是嗎？算了，我看妳這種小鬼頭也不會懂吧。」

這、這傢伙是怎樣……？

對待我的態度明顯很冷淡啊？

還有她說的地獄是什麼？再說我又不是小鬼頭？

正當我感到傻眼的同時，我們來到村莊的中心地帶——也就是集會地點。

這個遼闊的中庭上，設置了好多的桌子，擺放五花八門的菜餚。看來這是一場站著吃的自助式派對。

「喔喔，柯蕾特！還有可瑪莉俱樂部的各位也都來啦！」

副村長正在端上面放了肉的盤子，發現我們到來，臉上立刻堆滿笑容。

會場各處緊接著傳來拍手聲和喝彩聲。

「歡迎回來！」

「幸虧妳們救了巫女姬！」

「今天晚上要舉辦宴會！」

——這些愉快的呼喊聲在黃昏的天空下迴盪。

有好多好多的村民都跑到充當集會場所的中庭裡。

不知道為什麼，我忽然有種難為情的感覺，接著轉眼看柯蕾特。

她現在正一臉得意的樣子，揮動著雙手。

……嗯，看來我也沒必要感到羞恥了。就跟這傢伙學習吧。

「來吧各位，妳們別客氣，好好享受一番。若是能夠把之前發生的事情都說給我們聽，那也是一大樂趣——為柯蕾特的歸來，還有可瑪莉俱樂部的活躍表現，大家乾杯！」

副村長帶頭吆喝，接著宴會就開始了。

來參加的人紛紛舉起酒杯，說著：「乾杯！」我也趕緊握住放在眼前這張桌子上的杯子。

晚上這場餐會辦得熱熱鬧鬧。

當作是餘興節目，村裡的人「咚咚咚」地敲響和式太鼓，周遭這一帶全都沾染上彷彿慶典般的氛圍。我用湯匙切開放了好多蔬菜的蛋包飯，眼裡一直在盯著柯蕾特和薇兒，並觀察她們。

「……那傢伙很受村裡的人愛戴呢。」

「這是當然的吧，她可是下一任巫女姬。」

在我旁邊的納莉亞一邊喝著用玻璃杯裝的牛奶，邊說了這番話。

柯蕾特待在會場的正中央，被村民圍繞，大家都簇擁在她身邊。每當人們對柯蕾特說「幸好妳沒事」「這下村莊就能平平安安的了」，柯蕾特都會看似難為情地笑著。

「我早上已經放鳥過去通風報信了，村長應該很快就會聽到消息。他一定會非常高興。」

「但是這樣沒關係嗎？我應該是用來阻止戰爭的貢品吧……？」

「誰管那個！像這樣的預言，根本就沒有任何人贊同。就連現任巫女姬也很困擾，雖然沒有血緣關係，但柯蕾特好歹也是她的姪女……」

「無妨無妨，那位巫女姬大人的事就別提了吧。我們現在應該要為柯蕾特的平安歸來好好感到欣喜才對。」

「沒錯沒錯，太好了、太好了。」

「妳到底是怎麼逃跑的啊？阿爾卡的士兵可是很凶暴的。」

「那是因為——多虧有薇兒海絲在！」

薇兒原本一直在旁邊待著，都沒講話，柯蕾特突然握住她的手。女僕的腳步都還沒站穩，就被拉到村民面前，被迫站在那兒。

「這是——柯蕾特小姐……」

「是這個女孩子救了我！薇兒很厲害喔。她輕輕鬆鬆就打倒要對我出手的阿爾卡士兵！而且在我們旅行來這裡的這段期間，她一直都很關照我！」

「薇兒？妳是說她叫做薇兒海絲……？」

村莊裡的人都皺起眉頭，你看我我看你。

可是他們很快又換個樣子，像是在說「那怎麼可能」，笑容又回到臉上。

……？這是怎麼一回事，怎麼會有那樣的反應呢？

「原來是這樣啊。那我們可要好好感謝可瑪莉俱樂部的各位——喂～崗德森布萊德小姐，妳要不要也來這邊享用餐點啊!?」

「不行啦，叔叔，救助我的人是薇兒，又不是那個矮子。」

「哈哈哈，妳們是不是吵架了？要好好相處才行喔。」

「好了啦，不要摸我頭，別把我當小孩子！——知道了啦，我就跟你們講白了！跟黛拉可瑪莉一起旅行，對我來說也不是那麼討厭，可是只要聽完我說的，村裡的人一定也會開始討厭那傢伙！」

那時太鼓「咚咚」地敲響。

柯蕾特先是做了一個大大的深呼吸。再來就盯著薇兒的臉看，而且還用活像般若的面貌瞪著我的臉——再用食指狠狠指著我，嘴裡大喊。

「黛拉可瑪莉把我的童年玩伴『薇兒』調教成變態了!!」

…………………………

……啊？

這傢伙在說什麼啊？

「這有個大前提，那就是『可瑪莉俱樂部』的薇兒海絲，其實就是原先的巫女姬傳承者『薇兒海絲・拉米耶魯』。」

這下村子裡的人都為此感到動搖。

副村長更是尷尬地地開口：「柯蕾特……」

「薇兒海絲已經死了。不是說過好幾次了嗎？她再也不會回來……」

「明明人就在這啊？看不就知道了？雖然頭髮顏色、氣質和胸部大小都不一樣，但是她們長得很像。」

「妳別亂講話，柯蕾特……」

「我有證據！這個薇兒擁有能夠預測未來的特殊能力！就跟即將成為下一任巫女姬的『薇兒』是一樣的！」

村子裡的人紛紛用打量的目光望著薇兒。

這是怎樣？事態好像朝意料之外的方向發展了……？
面對困惑的我，柯蕾特用怒氣騰騰的眼神與我對視。
「我都在科雷特帝國的旅館聽說了。薇兒擁有稱為【潘朵拉之毒】的預測未來能力。很扯對吧，黛拉可瑪莉一直在對我隱瞞這件事呢。」
「不是啦，我只是覺得好像沒必要把這個說出來……」
「擁有能夠預測未來能力的人，在這個世界上應該就只有『薇兒』一個。我有跟妳說過，說我的童年玩伴『薇兒』是異能者，能夠預測未來……在那個時候，妳就已經心裡有底了吧？既然薇兒和那個『薇兒』有可能是同一個人，那妳大可跟我說出【潘朵拉之毒】的事情啊？難道妳是這麼沒有同理心的人嗎？」
那件事情就發生在我騎乘夏洛特橫越沙漠時。
的確，即便我在薇兒和那個『薇兒』身上發現共通點，我依然沒有提及。
「頭髮顏色不一樣，那要找多少解釋都有。像是能夠用染色的，或是因為壓力導致顏色脫落——但薇兒自從那個大雷雨之日起就下落不明，她似乎被傳送到另外一個世界去了。把童年玩伴和故鄉的事情全都忘記，一直在當那傢伙的女僕。」
「先等一下啦!?薇兒還有一個叫克羅威斯的祖父啊!?那我想她應該也有小時候的記憶……」
「那是被竄改的！艾絲蒂爾都說了……聽說妳有個朋友能夠用魔法更動其他人

的記憶！妳是去拜託那傢伙洗腦薇兒的對吧!?」

我有很多地方都想訂正，但是頭腦運作速度卻跟不上。

因為我被柯蕾特咄咄逼人的態度嚇住了。

就連村莊裡的那些人都開始用懷疑的目光看我們。假如薇兒真的是柯蕾特的童年玩伴——如果她真的是「薇兒海絲・拉米耶魯」，那對他們而言，問題可就大了。

因為「薇兒海絲・拉米耶魯」是對他們來說非常非常重要的巫女姬繼承者。

我該怎麼做才能解開這串誤會——當下我正在為這件事苦惱不已。

「我並沒有被竄改記憶。」

這時薇兒用冷酷的語氣說了這句話。

我有種得救的感覺，一雙眼睛不停凝視女僕的臉龐。

「對、對啊！薇兒妳快說些什麼吧！」

「根本就不可能竄改。我要在這裡道出具有衝擊性的事實，那就是我原本就沒有小時候的記憶。」

咦？

這不是在說笑，我是真的很震驚……

「這是什麼意思啊，薇兒!?妳說妳失去記憶……」

「我想說那沒什麼大不了的，就一直沒有提起。因為可瑪莉大小姐也有過類似的狀況吧？聽說您遭遇過那件事情後，在那之前的過往經歷都想不太起來。」

「是這樣說沒錯……」

「妳白痴啊!?既然是那樣，薇兒就更有可能是那個『薇兒』了啊!?」

柯蕾特緊揪著薇兒大喊出聲。

「我會讓妳想起來的！只要跟妳說出和我一起經歷過的回憶片段，妳的頭腦就會活化，能夠找回記憶！我想想、我想想喔，首先我們兩個人有一起去參加過慶典——」

「不，我並不是『薇兒海絲・拉米耶魯』。」

薇兒說這句話的語調很冰冷，像是要將人從懸崖上推下。

柯蕾特睜大眼睛，人瞬間定格。

「別、別那樣啦，別說這種話！薇兒妳要再跟我一起重新生活啊……！」

「就算我以前真的是『薇兒海絲・拉米耶魯』好了，現在的我也不一樣了。我是可瑪莉大小姐忠心的僕人。我身上還有使命，不可能跟柯蕾特小姐一起生活。」

「是什麼使命啊！」

「征服世界。」

「「「…………」」」

等等，薇兒。

這太莫名其妙了。村子裡的人都嚇到了啊。

「……看來是我說明不足。我跟可瑪莉大小姐想要實現世界大同。可瑪莉大小姐曾經說過想要打造沒有紛爭的和平世界——所以我想要在旁邊協助她。沒辦法回應柯蕾特小姐的期望。」

「妳先讓腦袋冷靜一下啦！那種莫名其妙的使命，快點扔掉！薇兒是我的童年玩伴！是村長伯父和伯母的女兒！還有……妳也擁有成為下一任巫女姬的使命啊!?」

「我要放棄這個使命，再見了。」

薇兒冷淡地說完這句話後，人就從會場離去。

柯蕾特這下慌了，她原本要追趕過去，副村長卻將手放到她的肩膀上。

「幹什麼啦！放手！」

「別這樣，薇兒海絲小姐並不是妳認識的那個薇兒。」

「唔……」

村子裡其他人表現出的態度也跟他如出一轍。

「那果然不是同一個人吧。」「真正的薇兒應該是更膽小的女孩。」「那女孩已經不在了。」——所有人都不會覺得這個薇兒就是那個『薇兒』。最後甚至還有人笑著說：「都怪柯蕾特說些奇怪的話，害我嚇一跳呢！」

歡迎會的氣氛再度變得熱鬧起來。

所有人都把薇兒和另一個『薇兒』的事情忘了，在那裡開心暢談。

我覺得心情好複雜。總之先過去追薇兒吧——這念頭才剛閃過。

在那瞬間，我忽然感覺到一股強烈的殺氣。

感到錯愕的我回過頭，這才看見柯蕾特淚眼汪汪瞪著這邊。

「都怪妳……都是妳的錯……」

「咦？在、在說什麼……？」

「我好不容易找到薇兒！我還以為又能過上跟從前一樣的日子！」

「好了好了，柯蕾特。如今妳平安無事歸來，我們應該先為這件事慶祝才對。妳看，這裡還有柯蕾特很喜歡的點心咕噗——」

副村長原本還用柔和的音調安撫她，柯蕾特卻用反手拳打副村長的臉。

那個晚宴主辦人按著鼻子，人蹲了下去，看起來好可憐，可是柯蕾特卻對他不屑一顧。而是將手緊緊握成拳頭狀，握得好用力——

「這些全都是妳的錯！把薇兒還給我！」

「就算妳這麼說……」

「快點……還給我————!!」

「喔哇啊啊啊啊啊啊啊啊!?」

柯蕾特開始胡亂揮舞手腕，對我發動突擊。

她的拳頭打中桌上的蛋包飯，導致番茄醬飛散開來。

我實在是太害怕了，就連去閃避那些攻擊都辦不到。柯蕾特朝著我襲擊過來，我就這樣迎面承受——應該說是抱成一團才對，兩個人開始進入扭打狀態。

「柯、柯蕾特！妳冷靜一點！爭鬥沒有任何好處！」

「有好處！可以把妳弄哭，將薇兒搶回來！」

柯蕾特緊緊抱住我的腰，不停推擠我。

這傢伙——她是想要用物理手段讓我倒栽蔥，把我弄哭是吧!?

「快住手，妳不是受傷了嗎!?不要這麼亂來!!」

「那些都無所謂！反正妳也受傷了！」

村莊裡的老人們紛紛開始用很有朝氣的聲音笑著說：「噢！有人要開始玩相撲了！」至於在舞臺上的敲太鼓女孩，則是開始高速地揮舞棍棒，藉著「咚咚哐咚咚哐」的聲響炒熱現場氣氛。那些還存有理智的村民都想要阻止柯蕾特，卻輸給她的魄力，落得兩面不是人。

整個會場瞬間轉變成相撲賽場。

出來扮演相撲比賽裁判的老爺爺大聲吆喝：「還沒出局還沒出局！」你是誰呀。

「我……」一直在找薇兒！就連睡覺都捨不得！結果那是在鬼扯什麼，居然說要征服世界！被迫配合妳的薇兒太可憐了吧!?」

「我根本就沒有征服世界的打算！那都是薇兒自己亂講的！」

「我之前的人生都奉獻給薇兒了！從那個落雷之日開始，一直都是……沒有交其他的朋友，也沒有在玩！一直在找薇兒！」

除了想辦法化解她的猛烈攻勢，我還感覺到自己的心出現動搖。

柯蕾特的心情，我很能夠體會。

假如我跟她立場調換，或許會跟她一樣，去找人比相撲也說不定——

「啊！」

這時我的對戰對手身軀忽然無力地下沉。

柯蕾特的腳被泥濘的泥巴絆住，就這樣來個漂亮的撲地摔。

我趕緊設法撐住她的身體。

可是那個時候已經太遲了，這個天藍色的少女狠狠將她的臉撞在地面上。

啪嚓。

我彷彿還聽見這樣的效果音。

整個會場頓時安靜下來。無論是充當裁判的老爺爺，還是原本在「咚咚咂」敲太鼓的女孩，以及按住鼻子的副村長，另外加上置身事外在一旁觀看的納莉亞，還有其他的觀眾——所有人都變得像石像一樣，全身動作停擺。

柯蕾特就趴倒在我的腳邊，我朝她怯怯地伸出手。

可是都還沒有碰到她，她就突然將臉抬起來。

她的臉上都是泥巴，沒辦法看清表情。

接著她的嘴脣之中就擠出一些聲音。

「呼。」

「呼……？」

「呼嗚嗚嗚嗚嗚嗚嗚嗚嗚嗚嗚嗚嗚嗚嗚嗚嗚嗚嗚嗚嗚嗚嗚嗚嗚嗚嗚嗚嗚嗚嗚嗚嗚!!」

柯蕾特眼中流出大顆大顆的淚水，在那裡嚎啕大哭起來。

這下害我不知道該跟她說些什麼才好，變得像是無頭蒼蠅一樣。

過沒多久，柯蕾特用袖子擦拭淚水，接著站起來再快步跑掉，嘴裡還發出鬼叫：「去死啦笨蛋————!!」。

有那麼一下子，整個會場好像凍住一樣，人人都僵在原地，副村長是最快重新站起來的人，他開始追趕對方，嘴裡還說：「妳站住，柯蕾特！」納莉亞則是發出嘆息，並說了一句：「這孩子真讓人頭疼。」

我在心中不停回顧柯蕾特哭泣的模樣，呆站在原地，內心只覺得一言難盡。

我很擔心她，不知道她剛才那樣有沒有受傷。畢竟跌了那麼大一跤……

……總而言之，這場歡迎會也因此被詭異的氛圍籠罩，就這樣結束了。

☆

隔天傍晚，我跟納莉亞閒閒沒事做，就在村莊裡散步。

可是柯蕾特的事情一直在我的腦海中打轉。

在昨天那場騷動過後，那傢伙就好像一直躲在自己的家中。原本她還一口咬定薇兒是自己的童年玩伴，來找我興師問罪，卻遭到薇兒本人斬釘截鐵地否認。也難怪柯蕾特會鬧彆扭。

時間來到現在，為了讓柯蕾特的心情好轉，薇兒跑去拉米耶魯家了。

奇怪的是，我卻覺得悶悶不樂。

總是有種不能放薇兒和柯蕾特兩人獨處的感覺。

昨天我得知一項事實——「薇兒沒有小時候的記憶」，這句話就像背後靈一樣，一直陰魂不散。

我想她的話恐怕不是造假的。假如她真的沒有小時候的記憶，那克羅威斯曾經說過「她的歸處不是過去而是未來」，這話就說得通了。

我不認為薇兒是「薇兒海絲・拉米耶魯」。

但我就是不由得去思考那萬分之一的可能性。

如今回過頭審視，會發現那兩個薇兒的相似點多到令人驚訝。

她們的名字一樣。柯蕾特還說「她們長得很像」。

不僅如此，她們都擁有能夠窺視未來的特殊能力。

我想這些應該只是巧合罷了。

然而麻煩之處在於光靠目前現有的情報，我無法否認，也無法給予肯定。

如今柯蕾特已經認定薇兒就是另一位『薇兒』。那傢伙一臉不願意放棄的樣子，我看現在八成正在懇求薇兒，對她說：「我們一起生活吧！」

另外——若是這件事情傳入人在帝都的拉米耶魯村長夫妻耳裡，他們也不可能一聲不吭。無論事實真相如何，薇兒都有可能被當成那個『薇兒』。

如果真的變成那樣，我就必須跟她道別。

必須……跟她道別……

…………

「可瑪莉，妳怎麼了？臉色好難看。」

「沒什麼。」

聽到納莉亞指出這點，我當下用手拍拍自己的臉頰。

眼前有一大片豐饒的農村景象。

這裡真不愧是世外桃源，散發一股悠哉的氣息。昨天晚上好像也有下很大的雨，道路都變得泥濘不堪。在夕陽餘暉的照射下，積水的水窪閃閃發亮，看起來好漂亮。

「對了，納莉亞。薇兒到底算什麼？」

「這是很哲學的問題……但妳沒必要去在意那種事情。無論那傢伙有什麼樣的過去，她都不可能從可瑪莉妳的身邊離開。」

「道理我都懂，但我就是有不好的預感。」

「那要不要去找佐久奈，讓她把薇兒殺了？如果是佐久奈，不是能夠窺視失去的記憶嗎？」

我腦海中浮現一個影像，那就是高高興興殺害薇兒的佐久奈。

……咦？好奇怪喔？為什麼我想像起來這麼容易呀？

佐久奈明明是清純溫和的美少女……

「那、那怎麼行！死掉可是很痛的耶!?」

「也對，總之——人心要改變，沒有那麼容易。妳從容看待就好。」

我跟納莉亞坐在樹蔭底下的長凳上。

長凳都已經被雨水弄溼了，屁股那邊涼涼的，可是我一點都不在意。

這時納莉亞從背包中拿出點心。她將一袋棉花糖拿給我，笑著說：「妳要打起

© riichu

精神。」

「只要吃了甜甜的東西，腦袋就會冷靜下來的。」

「咦？可是現在吃了，等一下會吃不下飯耶……？」

「妳偏偏在這種時候很乖呢！別說些有的沒的，趕快吃！」

納莉亞拿起棉花糖塞進我嘴裡。

好軟好蓬鬆，好甜啊。就連我的腦漿好像都跟著變得蓬鬆柔軟起來。

「……真的能夠讓人冷靜下來呢。我已經找回稀世賢者的風範，變冷酷了。」

「妳只有在烈核解放發動的時候才會變冷酷啦。」

納莉亞開始大口大口吃起棉花糖。

我會擔心她吃到變胖。

「烈核解放是心靈的力量。若是一個人有很想要達成的願望，才會擁有這股力量——薇兒海絲不就為了可瑪莉，讓力量進化了嗎？所以她是不可能被柯蕾特搶走的。」

「唔——這麼說也是有道理啦。」

「妳一直獨自一人煩惱吧。但這樣的作風很不像黛拉可瑪莉‧崗德森布萊德。之前發生那場夭仙鄉騷動時，妳曾經教過我一件事——讓我明白去體會他人的心情有多麼重要，還有透過言語和行動彼此諒解，又有多麼重要。」

在村莊的道路上，有一些人跑過。

這個拉米耶魯村是個意外熱鬧的地方。

「當時我被囚禁在霧中，對我伸出援手的人就是妳。因為妳說了那些話，我才能夠從尼爾桑彼的咒術中逃脫。可瑪莉妳真的很厲害，跟老師很像。」

「妳在說什麼啊？我們的身高完全不一樣啊。」

「妳哪壺不開提哪壺。我想要說的是這個，『其實妳沒必要擔心任何事情』。假使妳還是感到不安，可以試著和薇兒跟柯蕾特好好談談。」

「……說得也是，納莉亞說得對。」

跟納莉亞對話後，我覺得原本遮住整顆腦袋的霧氣彷彿消散了。

我一天到晚都在受這傢伙關照。

「謝謝妳，多虧有妳，我又找回冷靜思考的能力了。雖然不是很想承認……但是妳比較不像妹妹，更像是姊姊。」

「是、是嗎？」

那個桃紅色的總統紅了臉頰，變得害羞起來。

「那我要僱用可瑪莉當妹妹女僕。妳要叫我『姊姊』喔。」

「咦？但我不是很想那樣……」

「別這麼快就打退堂鼓好不好？」

納莉亞一臉遺憾地發出嘆息。

接著，她再度從包包裡拿出一袋點心。一雙腳搖來晃去（這張長凳意外地高），並且將紅色的糖果放入口中。

看到她那個樣子，我的良心有點受到譴責。

「知道了啦……謝謝妳，納莉亞姊姊。」

「!?」

糖果從納莉亞的口中掉落。

啊啊好浪費！——我趕忙想要撿起那顆糖，但在這時我才注意到一件事情，那就是她的表情突然詭異地扭曲，出現一抹怪笑。

「呵呵……呵呵呵……！聽起來真不錯呢。可瑪莉果然是我的妹妹無誤。」

「妳搞什麼啊。奸笑的樣子看起來好噁心……」

「都怪可瑪莉太小隻太可愛，姊姊我會餵妳吃很多點心的。」

「啊？喂……不用給我吃這麼多點心啦！還有不要裝作若無其事過來纏住我的手！」

開什麼玩笑，我果然還是不想當妹妹。

比較適合當姊姊的肯定是我。

☆

「請問我們接下來有什麼打算？」

手裡翻著鋪在床上的卡片，艾絲蒂爾提出疑問。

這是在玩神經衰弱。我可是擁有舉世無雙的記憶力，不管碰到怎樣的對手，他們都嫩得跟小嬰兒一樣——原本應該是這樣才對，可是從剛才開始已經連續三次被人把卡片配走。啊，那裡我明明也記得的！

「我們果然還是要前往帝都吧？明天就出發嗎？」

「明天應該沒辦法，因為艾絲蒂爾身上的傷還沒有痊癒。」

「很、很抱歉！都怪我成為包袱，讓我們在旅程上延遲了……！」

「延遲也沒關係啦，妳只要好好休養就可以了。」

艾絲蒂爾跟我道歉無數次，嘴裡不停說著「很抱歉」，還一面翻那些撲克牌。

她都已經連續翻中五次了。若是真的覺得抱歉，好歹放點水吧……

「還有……我是一定會追隨閣下，但柯蕾特小姐會怎麼做呢？她應該會留在拉米耶魯村這邊吧？」

「應該是，畢竟這裡是她的故鄉。」

「可是……這樣一來的話，她很有可能強行要薇兒小姐留下。」

「唔唔唔……」

那兩個人的關係很複雜。

雖然薇兒昨天說出那種話，但她其實有必要更進一步親近柯蕾特吧？至少在弄清薇兒是不是「薇兒海絲・拉米耶魯」之前，她不是都應該待在這座村子裡嗎？

「我不懂……完全弄不明白……」

「請問您說的是什麼事？」

「在說薇兒的事情。那傢伙應該會跟我一起走，但我總覺得她應該要更加慎重考慮才對。」

「那就是我慎重考慮之後的結果，因為我太喜歡可瑪莉大小姐了。」

「可是一想到柯蕾特的事——呀啊啊啊啊啊啊啊啊啊啊啊啊啊啊啊啊啊啊啊!?」

有人突然從我背後抱住我，害我不禁發出尖叫聲。

回過神才發現是變態女僕出現了，就像一道影子一樣——妳是從什麼時候開始出現的啊!?完全沒有半點氣息呀!?這傢伙該不會是忍者的一員……!?

「薇兒小姐，辛苦您了。跟柯蕾特小姐的事情已經辦妥了嗎？」

「是，都已經談好了。」

我聽了大吃一驚，轉頭看薇兒。

「咦？柯蕾特可以接受？」

「她並沒有接受，但我還是跑來這邊了。」

我覺得這好像不能解釋成「談妥了」……

「我還在村子裡面到處看，想要尋找自己的身世，但什麼都想不起來。再說也沒必要回想。因為我是可瑪莉大小姐的女僕。」

「是、是這樣啊……？」

「就算我真的是『薇兒海絲‧拉米耶魯』好了，那也沒關係。反正小孩子長大了都要離巢闖蕩。」

薇兒說的話也是挺有道理的。我個人聽了，一方面也感到心安。

只不過這下柯蕾特那邊就會有問題。

假使薇兒選擇跟我一起離開村子，那被丟下的那一個人，心裡總是會亂糟糟的吧。

眼前這位女僕似乎已經正確解讀出我心中的為難，頓時表現出非常傻眼的樣子，還說「可瑪莉大小姐真的是很麻煩的一個人呢」。

「反正目前也不可能確認我的真實身分，可瑪莉大小姐沒必要介意那些。」

「這個道理我是明白，可是一想到柯蕾特就……對那個傢伙來說，我可是誘拐薇兒的變態喔？她有可能又會找我比相撲。」

「意思是說您不想負起把我奪走的責任？」

「不是，話也不是這麼說的。」

「那總結起來就是為了我，導致可瑪莉大小姐感到困擾對吧……我明白了，如此優柔寡斷的可瑪莉大小姐，就由我來誘拐吧。」

緊接著薇兒抓住我的手，慢慢將手舉起來。

這是要做什麼啊？要幫我看手相嗎？——這份悠哉的期待瞬間被粉碎掉。因為薇兒那傢伙突然張口咬住我的手腕。

那帶來一股刺痛感。

「呀啊啊啊啊啊啊啊!!」

「呀啊啊啊啊啊啊啊!!」

我跟艾絲蒂爾同時發出尖叫聲。

薇兒突然做出這種奇怪的行為，害我一時間來不及反應。

當她「啾——啾——」地吸食我的血，我的身體也逐漸變得滾燙起來。

「喂妳住手啦!!這種變態舉動會為佐久奈和艾絲蒂爾帶來不好的影響啊！」

「薇兒小姐！您的嘴巴裡有血流出來！我替您擦一擦！」

「——多謝招待。」

不知不覺間，薇兒的嘴已經從我的手腕上離開。

艾絲蒂爾在替那傢伙擦拭嘴巴，薇兒臉上表情顯得很滿足的樣子。

吸血鬼吸血其實也是一種展現信賴關係的行為。

換句話說，這傢伙是在對我表示「包在她身上」。

主人心中有鬱悶，而她企圖將這些全都強行破壞。

……只是這實在談不上公平。

「傷害柯蕾特小姐的人是我。請您不用在意，繼續這段旅程吧。我會先回旅館一趟——」

「先等一下！」

薇兒正要離去，我抓住她的手腕。

那對翡翠色的眼睛染上錯愕的色彩。

「將妳從柯蕾特身邊逼走的人，就是我！所以不能讓妳背負所有的責任！」

「咦？那……」

「妳給我乖乖站好！我要報仇。」

我不由分說張口咬住她的指尖。

艾絲蒂爾那時再度發出「呀啊啊啊啊!?」的害羞叫聲。

薇兒緊張到渾身僵硬，血從她的手指流出。

她還開始說些莫名其妙的話，像是「您怎麼突然吸起我的手指，是退化成幼兒了嗎!?」。

那些紅色的液體被我舔掉。

當下【孤紅之恤】自行發動，颳起一陣魔力風暴。

但我才不管這些。

如果是現在的我，應該能夠在某種程度上控制住——

——而這種行為形同是打開潘朵拉之盒的祕鑰。

「我這次是真的要請您稍安勿躁，可瑪莉大小姐。【潘朵拉之毒】正在——」

我回想起來了。

自從上一次薇兒發動烈核解放後，時間已經過去六天。

也就是說——她將能夠再度遇見未來。

薇兒的眼睛染成一片通紅。

她眼裡的焦點並沒有對焦。因為她看的不是我，而是未來的影像。

而她的肩膀震了一下，並開口說了一句話。

「未來……沒有發生任何變化……」

「咦……？」

「明明打倒阿爾卡的士兵，還有特萊梅洛・帕爾克史戴拉了……卻沒有出現任何變化。明天可瑪莉大小姐……依然會在我的身邊亡故，就像是睡著一樣……」

「…………………………………………真的？」

「是真的。」

人家好不容易才下定決心耶——

距離我死掉，還剩下一天。

我果然還是不應該跟薇兒待在一起。

自從那場晚宴結束後，又過了兩天。

柯蕾特・拉米耶魯目睹了世間奇景。

那就是身為她童年玩伴的薇兒海絲坐在水車小屋前方，呈現仰望天際的狀態。全身肌肉遲緩，靈魂都從嘴巴裡冒出來了。這模樣實在太過憔悴，就連柯蕾特都在那瞬間猶豫要不要跟她說話。

「妳、妳怎麼了？是不是黛拉可瑪莉對妳做出奇怪的事情？」

「啊……啊啊啊……啊啊啊啊啊啊啊啊啊……」

嘰嘰嘰嘰……薇兒的動作變得很卡頓，就像一臺機器一樣，她轉頭看這邊。

柯蕾特當下有點嚇到。她那失落的模樣非比尋常。

「對了……要不要一起吃飯呢？拉米耶魯家的人有幫我們做了漢堡排……等等啦!?那裡是水路耶!?水有可能會變多，很危險喔!?」

「啊啊啊啊啊啊!!啊啊啊啊啊啊啊!!」

這下柯蕾特嚇了一跳，出聲制止薇兒。

「發生什麼事情了!?是不是黛拉可瑪莉又對妳性騷擾!?」

「不是、不是那樣的……可瑪莉大小姐……可瑪莉大小姐她!!丟下我到帝都去了……!!」

這話讓柯蕾特眨眨眼。

丟下她走掉？是在說那個很喜歡薇兒的變態吸血鬼嗎？

是說原來那傢伙已經從拉米耶魯村出發了？——柯蕾特腦中冒出一堆問號。

「可瑪莉大小姐的房間裡留下一張紙條。請看這個……」

淚眼汪汪的薇兒從懷中拿出一張紙條。

柯蕾特在看的時候，心臟莫名跳得飛快。

『給薇兒

我跟納莉亞一起出發了。艾絲蒂爾就拜託妳照顧。

幫我跟柯蕾特和村子裡的各位說一聲。

可瑪莉』

這是什麼？那兩個人吵架了嗎？

「我能夠理解可瑪莉大小姐的想法……因為她若是跟我待在一起就會死掉。可是另一方面我又感到不安，想說她『是不是討厭我了』。」

「我不是很清楚……但是妳對那傢伙做什麼了？」

「我沒有經過同意就吸她的血。」

柯蕾特差點昏倒。

看來這個女孩已經在不知不覺間進入大人階段。

柯蕾特這下反倒有種被人家拋在後頭的感覺。

「那、那她當然會討厭妳啊!?突然跑去吸人家的血，做那種事情跟痴漢沒兩樣耶!?」

「所以我連過去追可瑪莉大小姐都辦不到。不過紙條上面有寫『拜託妳照顧艾絲蒂爾』。這樣形同是在命令我，要我留在拉米耶魯村待命。」

「原來是那樣……」

「啊啊啊……啊啊啊啊啊啊……!!我不過是個女僕，怎麼會對主人做出這樣的事情……這下只能在村子裡全裸奔跑來懺悔……」

「就跟妳說別做那種事了!!是不是黛拉可瑪莉的變態特質傳染到妳身上!?」

柯蕾特用盡全力阻止薇兒做出奇怪的行為。

當她們兩個格鬥了一陣子，對方這才安分下來。然後有氣無力抱著膝蓋坐在石板路上。接著她彷彿要將所有的幸福都放掉一樣，嘴裡「唉～～～～～～～～～」地發出好大的嘆息聲。

看到薇兒這麼悲傷，柯蕾特也悲從中來。

可是——另一方面她又覺得心情雀躍。

自己確實有受到黛拉可瑪莉關照，之前被阿爾卡的軍隊追殺時，她並沒有拋棄柯蕾特；但另一方面，這個女孩同時也是敵人，會對柯蕾特追求的和平生活造成威脅。像是之前那場晚宴上，她還被對方掃倒，全身沾滿泥巴。

——太爽快了。

柯蕾特在心中暗自竊笑，接著將手放到薇兒的肩膀上。

「不會有問題的，薇兒！還有我陪在妳身邊啊。」

「柯蕾特小姐……」

薇兒這時擦拭淚水，轉頭看她。

那個動作跟從前那個年幼的她如出一轍。

「……說得也是，那我就暫時先在村莊這邊待命吧。」

這下柯蕾特笑得可開懷了。

因為要將薇兒束縛在拉米耶魯村，眼下變得容易得多。

接下來她只要找到證據證明薇兒就是那個『薇兒』即可。

☆

「唉～～～～～～～～～～～～～～……」

這裡是常世的街道。

我有氣無力地走著，一邊抱住自己的頭。

納莉亞則是一臉傻眼地回頭看我，嘴裡說著：「妳在做什麼啊？」

「妳自己都這麼決定啦，沒什麼好糾結的。」

「話是那麼說沒錯……」

「不是都已經有預言指出妳跟薇兒海絲待在一起會死掉嗎？而且我們還找不到會造成這種預言成真的原因，因此沒辦法應對。妳就只能先跟那個女僕分開呀。」

「雖然這麼說是沒錯啦……!!」

在我的腦子裡，跟薇兒事件有關的不安感已經像洪水那樣暴漲了。

我們是今天早上離開拉米耶魯村的。我還有留紙條給薇兒，而我不管怎麼搖晃納莉亞，她就是不肯從夢境中歸來，於是我就捏住她的鼻子把她弄醒。艾絲蒂爾人在病房中揮木刀，硬是要做訓練，被我斥責一頓，我還跟她說明事情原委，接著就跟她兩人一同收拾行李，再速速出發。

其實我跟納莉亞並沒有打算就這樣前往帝都。

而是為了迴避今日會降臨的死亡命運，就近跑到隔壁的村落而已。

會用這麼突兀的方式出發，恐怕原因是出自我對柯蕾特懷抱的罪惡感。我想說這是個好機會，就讓薇兒跟她那個童年玩伴（暫定）說說心裡話吧……假如這麼做，結果將導致我們釐清薇兒就是那個『薇兒』，那將會是一大問題。

「可惡，就算現在她人不在身邊，一樣讓我這麼困擾……那個臭女僕……」

「沒事的啦。就算真的出什麼狀況，姊姊也會幫忙想辦法的。」

「謝謝妳，可是妳不是姊姊。」

但是去在意這些也沒用。我看我現在就閉嘴，專心走路好了。

後來納莉亞抬頭仰望飄浮兩顆太陽的藍天，嘴裡說了一句「接下來——」。

「我們可能要加快腳步趕路……不知道老師過得好不好。她還記不記得我。」

「不可能忘記吧，像妳這種讓人印象深刻的孩子，她也沒遇過其他的啦。」

「呵呵呵，希望真的是這樣。」

就在這個時候，納莉亞忽然注意到某樣東西。

那對酷似祖母綠的雙眼看向群山後方——也就是天空的彼端，不停凝望著。

就連我也受到這個動作牽引，轉眼看向那個方向。

遠方建了一座看起來像是巨大高塔的東西。
「那個……應該就是『弒神之塔』。」
「是喔？喔喔，柯蕾特好像有說過這件事。」
說到「弒神」，就會讓人聯想到「弒神之惡」。
不曉得那個愛當恐怖分子的大小姐，現在人在哪裡，又在做些什麼。
「這個地方就連地圖都有確實標示出來，好像還被登錄在常世的世界遺產中。」
我從旁邊窺探納莉亞拿在手裡的地圖。
地圖上面用活潑的字體寫著「世界遺產!!」。
是說這份地圖……
仔細看，會發現上面畫了一大堆動物和農特產品的可愛插圖耶？這是專門做來給小孩子看的吧？原來我們一直在走這種路線旅行啊？
「一般人好像沒辦法進去那裡，有點可惜。」
「這麼說來——『弒神之塔』是不是在世界正中央？」
「按照地圖來看，這一帶好像都算是常世的中央地帶。我們之前在法雷吉爾的紅雪庵那邊看過『黃泉幻寫』——也許那個顛倒城鎮就在這附近也說不定。」
感覺這之中似乎埋藏了什麼祕密。
但我們握有的情報量太少了，就算鞭策我這顆稀世賢者的腦袋，還是想不通。

我望著那個在藍天中變得霧濛濛的高塔身影。

那高度感覺達到姆爾納特宮殿的百倍，牆壁都是白色的，看起來並不華麗，外觀顯得很樸素。從這裡看過去，會覺得那裡好像連一扇窗戶都沒有，這樣換氣沒問題嗎？進去應該不會窒息吧？

「不過這些小事都不重要，我們先趕路吧。」

「嗯。」

於是我們再度邁開步伐，準備走向隔壁的村落。

然而就在那時，背後忽然傳來某種東西崩塌的聲音。

「……？」

一陣陣震動感斷斷續續傳來，那很像是地牛在翻身的感覺。

滋噹。滋噹——一股熟悉的樂器彈奏音色也在那時出現於耳內，在耳朵深處迴盪。

納莉亞回過頭說：「我有一種不好的預感。」

雖然我們還沒弄清眼下情況……但總歸一句話，拉米耶魯村那個方位似乎出什麼狀況了。

☆（稍微往回倒轉）

「——大事不好啦！薇兒小姐！」

這裡是拉米耶魯家的食堂。

柯蕾特一直滔滔不絕在薇兒耳邊話家常，她邊聽邊吃麵包，那時食堂的門突然被人「砰——!!」地打開。

這讓薇兒嚇了一跳，她轉頭張望。

出現在那的是第七部隊新人——艾絲蒂爾．克雷爾，她臉上表情像是快哭出來一樣。

她身上還穿著病人在穿的衣服。頭髮也不是綁成平常那種單馬尾，而是都放下來了。

這也難怪——她這陣子照理說一直都在診療所那邊住院治療。

「艾絲蒂爾？妳怎麼了？腹部的傷——」

「現在沒空管那個！有敵人來襲！」

柯蕾特那時發出一聲：「咦？」動作跟著僵住。

艾絲蒂爾似乎覺得傷口很痛，她按住肚子，嘴裡繼續說著。

「阿爾卡的軍隊並沒有全滅……廢墟城鎮中的那些都是圈套。這都是特萊梅洛・帕爾克史戴拉搞的鬼……他們正在破壞村莊……！」

那時突然憑空傳來某種東西爆炸的聲響。

而且她們還聽見像是軍人在發出歡呼的聲音。

看來是阿爾卡那幫人正在肆無忌憚破壞村莊。

薇兒不經意發現柯蕾特的手在發抖，她的臉已經變得一片青白。

「這都是我害的嗎……？因為我逃過來……」

「不是的，我過去看看。」

「啊，薇兒！」

柯蕾特原本還想要制止薇兒，卻被她甩開了，她就此離開拉米耶魯家的宅院。

艾絲蒂爾也跟過來了，嘴裡說了句：「我陪您。」她們不知道發生什麼事了——但目前要先確認狀況才行。

先從結論講起，情況不太樂觀。

阿爾卡大軍在毫無預警的情況下展開攻擊。位在村莊中央的監視用高臺已經燒得一片通紅，發出聲音崩塌。緊接著，還有三間民宅誇張地爆炸四散。應該是被那幫人用大砲或其他東西打中才會那樣。

對於那些倉皇奔逃的人，他們毫不留情地揮劍劈砍。
血變成飛沫飛散開來，這些無辜的人一下子就被奪走性命。
「啊……啊哇哇……大事不好了……大事不好了……」
艾絲蒂爾用顫抖的手緊緊握住魔力鎖鍊。
這裡是沒有魔核的世界，被殺掉的人再也不會復活。
「薇兒小姐，我們要趕快阻止他們……」
「……去『阻止他們』這種想法是錯的，我們應該去避難。」
對手恐怕是以千人為單位的大軍。
無論薇兒揮舞多少次暗器，那都只會成為無謂的抵抗吧。
這次又換間隔兩棟房子外的集會場所被炸飛。
薇兒抱住艾絲蒂爾，當場趴伏在地面上。看來又有大砲擊中這裡。當她們在等強風過去的這段期間，戰況也變得越來越激烈。
「診療所……診療所都被破壞了……除了我，還有很多正在住院的人，卻突然有炸彈飛過來。我那個時候碰巧在外面，運氣好才得救，之後大家就散了……」
「那我們必須把他們都找回來。」
「不、不是的……我說的散了，指的是身體……」
艾絲蒂爾因為恐懼而顯得委靡瑟縮，她說話的節奏也變得怪怪的了。

身體裡有些東西湧了上來，薇兒死命將那種感覺壓下。光只是看到她平安無事，就值得讓人開心才對。

總而言之，她們要先找個地方躲起來。還要跟可瑪莉取得聯繫——不，那可不行。

恐怕【潘朵拉之毒】預言中出現的慘劇開端就是這次事件吧。

可瑪莉很有可能在這場戰鬥中丟掉性命。

所以她們要靠自己的力量逃出生天。

「這跟六年前……一樣……」

眼下柯蕾特已經出現，就站在一間破屋的門口處。

遠處有一些村莊裡的主事者跑過來，並嚷嚷著：「妳沒事吧，柯蕾特！」確認他們看重的巫女姬繼承者平安無事後，這些人才鬆了一口氣，腳步跟著停下。

「妳們快點逃吧，那幫人打算毀掉拉米耶魯村……！」

「不行，光靠村子裡的衛兵沒辦法跟他們抗衡！我們要盡快跟帝都那邊聯繫！」

「嘖……夠了柯蕾特，別光顧著站在哪！」

副村長伸手拉住柯蕾特的手，用力拉扯。

可是她卻一動也不動，面色都變得蒼白起來，嘴裡喃喃自語。

「六年前……有很多人死在那場戰爭中。就連我真正的媽媽和爸爸也……還有薇兒也不見了……悲劇又要再度上演……」

「柯蕾特……妳的雙親……」

「都被殺掉了，所以我現在身邊就只剩下薇兒。」

薇兒聽了一時間說不出話來。

原來她會對童年玩伴執著到那麼異常的地步，都是因為背後有這一段故事嗎？

「怎麼辦，薇兒……那個時候的經歷，我不想再重來一遍……！」

「——同樣的經歷是不可能再重來的。」

滋嗤。

那時彷彿有某種東西切換了。

恐懼感在身上遊走開來。在那片戰火後方，有個身上背著琵琶的少女走了過來。她身上穿著奇妙的袈裟，手就放在口袋裡，臉上有著微笑，看起來很害羞的樣子。

這個人正是「骸奏」——特萊梅洛・帕爾克史戴拉。

月級傭兵集團「星砦」的一員。

「那不會一樣的，同樣的事情根本不可能再度重演，柯蕾特・拉米耶魯。會發生這次的慘劇，都是因果循環，簡而言之，這一切都是妳自作自受。那是因果報應。」

這話讓柯蕾特渾身一震，心中感到驚恐。

薇兒手裡拿著暗器上前一步。

「特萊梅洛・帕爾克史戴拉。妳應該已經被可瑪莉大小姐殺到起都起不來，無法東山再起才對。」

「妳們看見的人是假冒的。我讓昏厥的士兵穿上跟我同樣的衣服。穿這種具有特色的服裝，遇到這種情況就變得很方便——大多數的人只看一眼就會誤認那個人是我，甚至不會詳加調查，看看那個人究竟是不是本尊。」

未免太狡猾了吧。不，是她們太過大意了。

可是已經發生的事情，對此感到懊悔也沒用。

「……妳的目的到底是什麼？」

「我們『星砦』的悲願就是讓人類滅亡。有人吩咐我了，說第一步就是要挑起無謂的爭鬥。」

特萊梅洛的臉頰變紅了，臉上的笑意漸深。

「柯蕾特・拉米耶魯，妳認為逃出阿爾卡的手掌心，自己就自由了吧？但到頭來還是無法從一名法師的掌心中逃脫。妳之所以能找到故鄉，是因為我用小拇指勾了勾故鄉這根琴弦。此外去襲擊護送車，垂下蜘蛛絲的，不瞞妳們說，亦是我本人。」

「那是怎樣……？是要我跟妳道謝嗎……？」

「該跟妳們道謝的是我才對。因為妳逃跑，有很多人將深陷痛苦之中。例如阿爾卡的人民、姆爾納特的人民，還有其他許多國家的居民們——由於柯蕾特・拉米耶魯逃走的關係，悲劇將會降臨在他們身上。犯下這樣的罪業，足以讓妳下地獄。」

「不，不是的……我……」

「妳思念童年玩伴的心很美好。可是為此死去的那些人，想來都會對妳回到拉米耶魯村的事心懷怨恨吧？」

柯蕾特身上的力氣頓時間抽乾。

她們不愧是來自相同的組織，用的手法和蘿莎・尼爾桑彼很像。

只是證明少女並不是在搬弄計策，要讓敵人落入陷阱。

證據就是——特萊梅洛在說這些話的時候，臉上有著純真的笑容。

「敬請放心，我已經先把姆爾納特的援軍叫來了。」

「什麼……？」

「一旦阿爾卡和姆爾納特發生衝突，將會有很多人死去。如此一來悲傷的絕對值將會放大。」

「……………………」

她的思想讓人完全無法理解。

以前薇兒曾經跟逆月交過手，她覺得這個人比起他們，更是瘋癲許多。

這個少女在背後動那些手腳，都只是為了引起紛爭。不管死了多少人，她的心都無動於衷。沒想到世界上居然有這樣的人存在——

「說什麼鬼話，妳這個不法分子！」

這時副村長義憤填膺地上前一步。

「像妳這種人的企圖，遲早被姆爾納特帝國粉碎掉！」

「那也不失為一種雅興，戰亂的火種是越多越好。」

「胡扯！我現在就把妳抓起來，將妳交給軍隊。」

滋噹。滋噹。

耳邊彷彿聽見彈奏琴弦的聲音。

只不過時隔剎那，副村長的胸口就有血液飛散出來，那樣的景象映入人們的眼簾。

「拜託你們別動。我不是很想破戒……」

那種莫名其妙的忠告，被薇兒當成耳邊風。

至於被切裂的副村長，他則是伴隨「咚」的一聲，人倒臥在地面上。無論是柯蕾特還是村民，人們全都發出恐懼不已的慘叫聲。艾絲蒂爾甚至連腰都伸不直了，直接癱坐在地上。

她喪失思考能力，不知道接下來該如何行動才是最恰當的。

即便看到副村長在痛苦地喘息，口裡也只能發出「啊啊」的呻吟聲。

這座村莊陷入恐慌狀態。

到處都有東西遭到破壞，有人被殺害。

原本有可能是薇兒故鄉的地方，正要被人毀掉——

再來又聽見一陣轟然巨響。

有火砲在拉米耶魯家炸開。

薇兒在地面上匍匐前進的同時，她也知道自己的思考回路已經再次啟動。

現在不是害怕到發抖的時候。

換作是可瑪莉，她才不會為這點事挫敗。而是會出於無限大的善心，去和眼前的敵人對峙吧。

於是薇兒選擇用力握住暗器，並站了起來。

「……我不會……再讓更多村民受傷。我要在這裡阻止妳。」

柯蕾特當下哭著說「不要不要」，過來拉住她。

可是她必須阻止這個宛如惡魔的少女。

可瑪莉和納莉亞都不在這裡。沒有其他可以依靠的人。

「哎呀真是勇敢，但實在太有勇無謀了。」

「我擁有能夠看見未來的特殊能力，妳命中註定會敗給我。」

「妳的膝蓋在顫抖。撒這種拙劣的謊，簡直就像小孩子一樣呢。」

特萊梅洛在嘲笑她。

薇兒的心的確被恐懼支配。薇兒海絲的本分並非戰鬥——而且這次遇上的對手還很難對付。對方用的不是魔法也不是烈核解放，而是能夠切斷人體的奇術。再加上能夠毫不猶豫殺人，這點很不尋常。都這樣了還要她不去害怕，簡直是強人所難。

村子裡的人紛紛大喊：「別這樣，快逃啊！」

他們都在擔心自己。那麼薇兒就必須回應他們的心意。

若是換成黛拉可瑪莉・崗德森布萊德，她就會那麼做。

滋噹。

又有某種東西被撥出聲響。

這成了一種暗示，讓薇兒往地面上用力一蹬。她剛才站的位置已經被劈出銳利的切痕，地面上出現慘烈的痕跡。艾絲蒂爾在那瞬間重新站了起來，抱著柯蕾特退後。特萊梅洛果然能夠使用從遠方切斷目標的術法。

「動作意外地快，令人佩服。」

滋噹。

這次又再度響起某種東西被撥動的聲音。

薇兒瞬間丟出暗器。原本應該跑在直線軌道上射出的暗器，卻不知為何半路遭人打落。就在這一刻，薇兒察覺有些東西被切斷。

——滋噹、滋噹。

她一直以為那是琵琶的聲音。

但這好像只猜對一半。

接著薇兒從懷中拿出三把暗器，在同一時間丟了出去。這些暗器都在射中特萊梅洛之前改變方向。可是薇兒看見了——有某樣東西在陽光的照射下發亮，且被暗器切斷彈開了。

是絲線。

也就是說這個少女已經鋪設了無數幾近透明的絲線，靠那些將敵人切成碎片。

但詳細說來是如何運作的，薇兒還看不出來。

每次絲線來襲，那個女孩都會將手插在口袋裡。

大概是在那件袈裟內側巧妙操控絲線吧。

「——被發現了嗎？動作還真慢。」

「太慢的人——是妳！」

薇兒待在下風處，沒辦法使用毒煙。

她就只能憑自己的蠻勇試一試。當那些絲線從側面來襲，她就在千鈞一髮之際將絲線都切斷，勇敢地發動突擊。丟出暗器牽制對手的動作，此時特萊梅洛微微將身體退開——薇兒再抓準這時機來個強力跳躍。

但那似乎是用來引誘敵人的陷阱。

因為不遠處出現一段高低差。

被絲線劈開的地面微微隆起。

這導致薇兒絆倒腳，用有點滑稽的姿勢趴倒。

「我的絲線源自於多馬爾共和國生產的曼陀羅礦石，經過加工後製成神具，名為《名號弦》。只要灌注意志力就會實體化，稍微施加一點力量，就能切斷一切的物質。」

當對方得意洋洋解說這些時，薇兒根本連聽都沒聽。

因為地面正在慢慢靠近她。

不——不只是地面。她腳邊已經鋪設了殺人絲線形成的漩渦，這些也在慢慢逼近薇兒。簡直就像是為了捕捉蟲子而生的蜘蛛網。

她根本無法閃避。

恐懼感在心中爆開，讓薇兒背後冷汗直流。

知道自己即將沒命，在她的腦海中，一股絕望感正要冒芽，然而那瞬間卻……

「——薇兒！妳別逞強啦！」

有人出手撐住自己的身體。

是柯蕾特，她拚死命抓住薇兒的手。而且還直接使勁將薇兒朝她那邊拉過去，害薇兒朝背後跌倒。薇兒跌倒波及柯蕾特，而她則是倒到地面上。

在她眼前，有個天藍色的少女眼眶泛淚地蹲坐在那兒。

「討厭！討厭討厭！我討厭戰爭——我們一起逃走啦！」

「柯蕾特小姐……」

「這次我一定要保護薇兒！所以——」

「沒用的。」

滋噹。

撥動絲線的聲音響起。

柯蕾特的肩口隨即噴出鮮血。

這下她才明白人若是驚訝過度，甚至會連慘叫聲都發不出來。

總而言之到頭來，柯蕾特的右手轉了好幾圈，就這樣飛了出去。那景象簡直如同在做惡夢。可是這無疑是現實。

當沾滿鮮血的手掉落在拉米耶魯家的桌子上，她的身體也頓時一歪，很快就倒臥在地面上。

「柯蕾特……！」

薇兒覺得自己身上的血像是在那瞬間抽乾，她趕到柯蕾特身邊。

那個天藍色的少女一臉不可思議的樣子，抬頭仰望天空。

大量的黏稠血液將地面浸溼。

村子裡的人都沒有發出半點聲音，就連薇兒也無法出聲。

「啊……啊啊……」

「敬請安心。我並沒有切開她的心臟。這是因為若是要殺了巫女姬繼承者，在別的時間點上做應該會有更大的效果——但這下困擾了呢？若是就這樣放著不管，她將會面臨失血過多死亡的風險。」

那個殺人魔說話的音調像是真的很困擾。

接著特萊梅洛．帕爾克史戴拉笑了一下，開口說了聲「但那也無妨」。

「這樣也挺有趣的。那麼，接下來就輪到薇兒海絲了。」

不知在何處，又有民宅爆炸。

柯蕾特嘴裡發出「啊啊」一聲，萬念俱灰地吐了一口氣。

「我……是不是會死……？」

「柯蕾特……！怎麼會……」

當薇兒垂頭望著她那充滿悲傷的表情時，突然出現劇烈頭痛。

原先被塵封起來的記憶逐漸恢復色彩。

有風、雨和雷電。

還有民宅在燃燒，加上某些人的叫聲。

一個身材嬌小的少女拉著年幼薇兒海絲的手，在森林中奔跑，只看得到她的背影。

後來整個世界都被紅色的魔力包覆住。

——不行，想不起來了。

記憶裡面最關鍵的地方變得朦朦朧朧的，而這又代表什麼，薇兒並不清楚。但那些都不重要了。

因為在她眼前，一個無辜的少女將要死去。

她一直在思念薇兒海絲，有可能就是自己的兒時玩伴——

當薇兒發現事實可能是這樣，她的身體亦為之戰慄，開始發抖起來。

因為自己的關係……因為她，這個少女將要……

☆

柯蕾特・拉米耶魯在戰爭中失去雙親。

她身邊就只剩下個性內向的童年玩伴薇兒海絲。

直到現在，那些記憶依然很清晰——當戰亂發生的那一天，她們兩個人牽著彼此的手，在下著大雷雨的森林中逃亡。一群人過來追殺巫女姬繼承者——那些野蠻人都是衝著薇兒來的。那幫人殺起人來顯得輕巧，就像在摘花一樣，他們根本不配當人。

柯蕾特的臉上都已經滿是淚水了，但她仍然拉著薇兒的手。

她的雙親就在她眼前被人劈成兩半，直到最後他們仍然呼喊著「快逃」，因此柯蕾特就只能逃跑。

可是她不能把薇兒丟著不管。

若是把那個膽小的童年玩伴丟下，她會跟雙親一樣慘遭殺害。

於是柯蕾特壓下心中的悲痛，光顧著埋頭奔跑。

再也沒有回頭看陷入火海中的拉米耶魯村，口中發出的話語，彷彿近似悲鳴。

——我會保護妳的。因為我身邊就只剩下妳了。

薇兒泣不成聲地嚎啕大哭。

不管要她做些什麼，她們都必須活下去。

可是命運卻很殘酷。

因為下大雨的關係，地面出現滑坡現象。

劇烈的雷擊打下，眼前全都變得白茫茫的。那些足以撼動世界的震動聲持續了好一陣子——等到柯蕾特注意到的時候，薇兒忽然消失無蹤了。

——薇兒，妳跑去哪了……？

不管柯蕾特怎麼找都找不到。

從此以後，柯蕾特・拉米耶魯就失去了一切。

她沒能守護童年玩伴。自從那天開始，柯蕾特就一直活在那場大雷雨中。她被迫和親近的人們離別，痛苦不堪，又經歷了求而不得的苦難。而如今——那場悲劇將要再度重演。

「柯蕾特！柯蕾特……!!」

「薇……兒……？」

薇兒正在悲傷地哭泣，那張臉近在咫尺。

對了，她的手被人砍飛。

身上的知覺已經變鈍了，就連疼痛都感受不到。恐怕自己將會就此死去吧。

「柯蕾特……啊啊，該怎麼辦……」

不知道從什麼時候開始，對方已經不再叫她「小姐」。

她可能想起自己是童年玩伴的事情了。

可是現在柯蕾特卻再也沒有餘力感到欣喜。

「這樣的情景真是讓人懷念呢。」

那個惡魔在遠方笑著。

特萊梅洛・帕爾克史戴拉愉快地說了些話。

「六年前我們也讓這座村莊成為犧牲品。但這次跟那個時候是不一樣的。論起悲傷的質量，如今的這些肯定更加美好。幸好上一次沒有將這裡完全破壞掉。」

薇兒覺得自己的心快要崩壞了，眼裡有淚水湧現。

他們怎麼會做出那麼過分的事情。

至今為止湧現的所有悲傷，原因都出在那些人身上——就是傭兵集團「星砦」。

她好懊惱。雖然感到懊惱，卻什麼都做不到。

身為童年玩伴的薇兒，在那份悲傷的打擊下，變得一動也不動。

「那我們就讓這一支曲子結束吧，妳將會成為挑起新爭鬥的火種。」

特萊梅洛慢慢走向她們。

果然沒錯，就跟那個時候一樣。

這次將會跟那個時候一樣，沒辦法守護薇兒直到最後一刻。

滋噹。滋噹。

詭異的琴弦彈奏聲在這一帶響徹，耳邊還能聽見那些村民的慘叫聲，以及世界逐漸毀壞的聲音。無論她如何掙扎，身體都不聽使喚。再這樣下去，那些對她來說很珍貴的東西是不是會被惡夢帶走——正當自己被這份絕望折磨……
突如其來地——
她看見天空中有金色的光芒灑落。
「…………？」
右手好像出現異樣的感覺。不知不覺間，原本血肉模糊的傷口已經被黃金凝固住了。有人對這個傷口施加止血措施——當柯蕾特回過神，她的身體四周早就已經充滿了溫和的金色。
那些柔和的金色伴隨燦爛的金光灌注下來。
特萊梅洛臉上有著淡淡的笑容，抬頭仰望上空。
柯蕾特也看向那個方向。
就在那瞬間，她還以為是神明降臨了。
可是仔細看會發現並不是那樣。
有人背對著太陽現身——是渾身包裹在金色能量中的吸血鬼。
另外還有身上帶著桃紅色光芒，全身上下都充滿殺意的翦劉種。
「可瑪莉大小姐……您怎麼會……」
薇兒口中發出呢喃，彷彿是看到幻覺一樣。
那兩個人就是黛拉可瑪莉・崗德森布萊德，還有納莉亞・克寧格姆。

原本應該已經從拉米耶魯村出發的這兩個人，如今又回來了。

她們身上甚至散發出柯蕾特難以理解的絕大力量。

「對不起，柯蕾特。」

那時黛拉可瑪莉忽然轉頭看柯蕾特這邊。

小小的嘴微微地動了動。

「妳保護了薇兒，謝謝。」

柯蕾特早已聽不清對方朝自己說些什麼。

可是眼淚卻不停湧出，止都止不住。

「剩下的事情就交給我——我會、阻止這傢伙。」

在黛拉可瑪莉四周，有無數的金色刀劍在旋轉。

所有的刀刃都指向那個殺人魔——特萊梅洛．帕爾克史戴拉。

琵琶法師在警戒對手，雙手都從口袋裡拿出來了。

她的指尖連著大量閃閃發光的絲線。

「原來這就是傳說中的【孤紅之恤】。怪不得尼爾桑彼卿會一敗塗地，那股力量是如此強勁。」

「妳再死、一遍。」

黛拉可瑪莉舉起手。

那些金色的刀劍高速襲向特萊梅洛。

在這個村莊中來回裝設的《名號弦》絲線發出滋噹滋噹的聲音，被人逐步切斷。

柯蕾特覺得自己好像在做夢一樣，眼裡不停眺望這場激烈的對戰。

而且她心中還莫名有種充實感。

先前她一直很輕蔑那個吸血鬼，覺得她就只是一個矮子——但如今怎麼會有這般景象。現在的她就好像傳說中的「宵闇英雄」，看上去威風凜凜。

☆

【潘朵拉之毒】曾經預言可瑪莉今日會迎接死亡。

她就是為了避免這件事情成真，才會離開拉米耶魯村。但不知基於什麼原因，如今卻像這樣回到薇兒的身邊，而且還發動烈核解放【孤紅之恤】。

「可瑪莉大小姐……」

「薇兒，妳快躲起來。」

「可是——」

「妳別管那麼多。」

©riichu

可瑪莉引爆身上的魔力，將特萊梅洛放出的絲線一一切斷。每次被切斷的時候，四處亂竄的《名號弦》就會像切奶油一樣，將周遭的瓦礫劈開。

發動【盡劉之劍花】的納莉亞朝著特萊梅洛衝過去。

放出桃紅色光芒的雙劍刺向那身袈裟——可是她卻像一張紙片般飄開，輕巧地閃避掉。失去目標的劈砍將旁邊那棵樹切成兩段。

——如此劇烈的攻防戰持續了好幾次。

再這樣下去，戰鬥的餘波可能會害周遭那些人受傷。

薇兒將柯蕾特和副村長他們帶到拉米耶魯家的瓦礫堆後方。

如果是在這邊，應該暫時可以放心。

「薇兒……妳還好嗎……？」

此時柯蕾特看似痛苦地喘著氣。

比起其他人，她更應該擔心自身安危。

她的傷口已經被黃金凝固住了，目前暫時不用擔心失血過多而死。因為可瑪莉發動烈核解放，這個少女才得以保住一命。

然而她的右手卻沒辦法恢復原狀。

薇兒覺得都是因為自己的關係，柯蕾特才會受這麼重的傷。

不管再怎麼道歉，像這樣的事情都不可能得到原諒——

「我沒事，這點小傷一點都不痛。」

「柯蕾特……」

「妳都為了守護我挺身而出了。我更要為了守護妳努力。只是這點小傷……薇兒妳沒必要放在心上。」

柯蕾特用左手摸摸薇兒的頭。

那份善良沁入她的心湖。

這讓薇兒不由自主流下眼淚，或許她之前對這個「疑似兒時的玩伴」都太過冷淡了。明明有個人這麼擔心自己，她卻沒有正眼看待，而是滿腦子都只想到自己的事情，只為此奔走。

薇兒動動原先像是凍結住的臉頰，好不容易才擠出笑容。

「……謝謝妳，柯蕾特。多虧有妳，我才會得救。」

「嗯，我好像也得救了呢……」

「是啊，可瑪莉大小姐已經來了，不要緊了。」

其實說不要緊是騙人的。

【潘朵拉之毒】預測出的未來並沒有改變。

可是──可瑪莉的意志力強大到足以扭轉天命，現在就只能對此抱持期望。

那時突然有人呼喚她的名字。柯蕾特用快要哭出來的表情輕喃「薇兒……」。

「妳應該都想起來了吧？我們重新在拉米耶魯村一起生活吧。」

「柯蕾特。」

薇兒握住柯蕾特正在發顫的手。

可能是因為太恐懼的緣故，那隻手變得很冰冷、很蒼白。

「或許——我是無可救藥又無情無義的童年玩伴。所以我接下來要說的話，都是以這些為假設——之前一直很輕視妳，實在抱歉。我會好好珍惜妳的。」

那就好像在懺悔一樣。

她原本認為自己的存在意義就是為了黛拉可瑪莉・崗德森布萊德犧牲奉獻。只要能夠為主人盡心盡力，其他的事情都無所謂，薇兒一直是這麼想的。

可是她卻錯了。

薇兒海絲有屬於她的童年玩伴，還有家人。

那些都是有可能存在的。

「謝謝妳，薇兒……看來妳總算找回記憶了。好啦，妳快點逃吧。只要村子裡的人和妳能夠平安無事，我就滿足了……」

「不，我不能逃跑。」

薇兒說完這話靜靜地遠離柯蕾特，從她身邊離去。

柯蕾特則是睜大眼睛，像是在譴責她背叛自己。

「妳、妳怎麼了？是不是哪邊受傷了？還是痛到動不了……!?」

「我並不是『薇兒海絲・拉米耶魯』，而是可瑪莉小隊的薇兒海絲。」

「怎麼會……」

「就是因為我很看重妳，才必須跟可瑪莉大小姐一同作戰。」

這個世界充滿惡意。

特萊梅洛・帕爾克史戴拉只是冰山一角。那幫人憑著自己的喜好，任意毀掉人們小小的幸福，這樣實在是太囂張、太跋扈了。

可瑪莉之所以持續奮戰，都是為了滅掉這些愚蠢的人。

為了守護村莊和柯蕾特，薇兒所能做的事情，從一開始就已經決定了。

黛拉可瑪莉・崗德森布萊德是世間難得一見的大英雄——未來將會是，她要成為這個人的左右手，協助她完成霸業。而這件事就只有薇兒海絲能夠做得到。

因此——

「——我要走了，這都是為了阻止那個殺人魔。」

「等一下啦！薇兒妳沒必要作戰吧!?妳從以前開始就是很膽小的女孩！甚至都沒有跟其他人吵架過！可是妳卻……妳卻……！」

「放她走，柯蕾特。」

副村長這時一臉苦澀地出言相勸，看樣子他保住一命了。

這一看才發現他的傷口也透過黃金做了止血處理。
「我懂妳的心情，但再說更多的話也沒用吧。她只要跟崗德森布萊德小姐和克寧格姆小姐待在一起就不會有事。」
「可是……！」
「妳仔細看好。這位薇兒海絲小姐，已經不是我們認識的那個薇兒了。」
柯蕾特的眼神就像是對黑暗感到迷茫的孩童，她用那樣的目光看著薇兒。薇兒則是直視對方，在那之後柯蕾特用手遮住嘴巴，嘴裡發出一聲「啊……」，像是發現了什麼。至於這樣的反應代表什麼意思，薇兒並不清楚。
柯蕾特接著看似悲傷地輕語，目光向下垂落。
「原來妳……已經成長了，跟我不一樣。」
薇兒靜靜地點頭。
「等到哪日我的職責結束了，我們再一起吃飯吧。在那之前，請妳先等著我。」
她緊緊握住暗器，接著就轉身離去。
拉米耶魯村的戰況變得越來越激烈。
薇兒必須盡快加入戰局。只要可瑪莉俱樂部的成員齊心合力，不管面對多麼強大的惡勢力，想必都能將那股勢力剿滅——……
「…………？」

然而薇兒身上卻忽然竄起一股惡寒，這讓她抬頭仰望天空。

不知道為什麼，心中有種不祥的預感。

那兩顆太陽開始微微傾斜，就在太陽的彼側——

她看見暗雲之影下藏了看似不祥的星星，而那星星正在發光。

☆

黛拉可瑪莉・崗德森布萊德就跟報告中所指的一樣，是一代豪傑。

那不單純是戰鬥能力方面的問題。

而是這個吸血鬼擁有絕對不可撼動的使命感和信念。那就跟特萊梅洛・帕爾克史戴拉心中蘊藏的野心是同等的——或許那份強大的意志力，散發出來的光芒甚至強過她。

發出金色亮光的刀劍朝她襲來。

特萊梅洛操控原本掛在民宅上的絲線，將那些絲線拉過來，動作迅速地閃避。

再來就掀起一陣狂風。剛才她站的地方已經被殺氣騰騰的刀劍刺中，像是下了一場豪雨。這村莊的土地都被砍得七零八落，出現一座地獄裡才會有的劍山。阿爾卡的士兵紛紛發出慘叫聲，四處奔逃。

「真不知道在破壞村子的人是誰。」

滋噹。

特萊梅洛動動手指操控絲線。按照黛拉可瑪莉的位置來看，只要牽動掛在馬廄附近那棵阿爾卡杉木上的四九六號琴弦，這一切就完事了吧——然而本該切斷她脖子的四九六號琴弦卻被一記桃紅色橫劈切斷。

鏘！隨著一道尖銳的聲音響起，那棵阿爾卡杉木也大大的凹折。

趁特萊梅洛感到動搖時，那個桃紅色的翦劉種趁機衝了過去。

她是納莉亞・克寧格姆。

說起傭兵集團「可瑪莉俱樂部」，人們往往容易將目光都放在隊長身上。然而這個少女其實也擁有難以計量的力量，絕對不能掉以輕心。根據尼爾桑彼的報告指出，她似乎是「能夠將所有東西一分為二的異能者」——

「原來如此，那算是一種利他的妙技呀？真是太棒了。」

「就算被妳誇獎也沒什麼好開心的！」

納莉亞揮動那對雙劍。

光只是這個動作，特萊梅洛的《名號弦》就崩解成廢線。

「別耍小聰明！」

「那就換這個。」

特萊梅洛拉動中指。

第二二一號琴弦已經跟拉米耶魯村的名勝景點「人面岩」連結在一起了，她讓那條弦全力躍動。

接著巨大的岩石就像一顆球一樣，朝著納莉亞襲來。

納莉亞當下睜大眼睛，換個角度握好雙劍，但這動作來得太遲，對方不可能放過這細微的破綻──特萊梅洛立刻牽動第六十八號琴弦。

這條弦跟繞在噴水池上的八八四號產生連鎖效應，來自四面八方的殺戮性弦切全朝納莉亞殺過去。

「唔！」

「骸奏」特萊梅洛・帕爾克史戴拉在星砦之中，戰鬥力算是數一數二的。

至今為止和特萊梅洛對峙過的人，全都變成肉片，沒有一個例外。

唯一的弱點是「準備起來要花時間跟功夫」。

為了在萬全的狀態下戰鬥，她必須預先鋪設好《名號弦》。

但只要慎重行事，這也沒什麼難的。

特萊梅洛偷偷尾隨可瑪莉俱樂部，來到拉米耶魯村。

當村莊裡的人都在開開心心舉辦歡迎會時，她要那些阿爾卡的士兵去鋪設琴弦。

此外特萊梅洛本身為了引開村民的注意，還變裝在那裡「咚咚咚」地打太鼓。

雖然後來被副村長養的狗發現，還遭到追趕，但那不是什麼大問題。

總而言之，準備工作做得萬無一失。

不管是樹木、民宅、岩石、階梯、田地還是煙囪——村莊裡的所有部分都被安插了特萊梅洛的「手指」。

沒錯，一切都逃不出「骸奏」的手掌心。

當可瑪莉那幫人逃進拉米耶魯村，他們就註定戰敗。

「就請妳受死吧，並祈禱來世還能重新投胎為人——」

「不行。」

然而特萊梅洛的如意算盤打錯了。

一股金色的殺意狂暴地吹來。

下一瞬間——原先逼近納莉亞的所有障礙都被震飛了。

黛拉可瑪莉身上放出無數的刀刃，將一切全都破壞掉。

「什麼……」

納莉亞那時喊了一句：「可瑪莉謝啦！」接著就衝了過來。

感到驚訝的特萊梅洛用手拉動琴弦。

這對應三八九號——但琴弦早已被人砍斷了。

那麼她就只能使用四〇三號和四〇四號。

滋噹。滋噹——像是在演奏樂器的音色，響遍了整座拉米耶魯村。

叮！叮！——每當納莉亞揮舞刀劍，就會帶來瓦解特萊梅洛殺意的聲音。

至於她沒辦法化解的那些攻擊，全都有黛拉可瑪莉幫忙對應。

她讓金色的魔力擴散出去，射出無數的刀劍。每當她那麼做，納莉亞就會藉機更靠近特萊梅洛。

那是因為這兩名少女能夠看得見——她們能看見一般人無法感應到的《名號弦》微弱氣息。

曾經受過高度戰鬥訓練的人，他們將能夠敏銳感應出特萊梅洛的意志力，並做出應對。

舉例來說，對上同樣出自星砦的尼爾桑彼和納法狄，若是要特萊梅洛殺了她們，還是得費一番苦工吧。

黛拉可瑪莉和納莉亞已經達到那種境界了。

或許這是理所當然的結果。

畢竟她們曾經粉碎尼爾桑彼的陰謀。

換句話說——這兩個人是曾經讓星砦失手的猛將。

「呵呵呵，看來妳們比我想像的更強呢。」

特萊梅洛再度用她最快的速度拉動絲線。

但不管她做什麼，都沒有意義。

因為那些都會被納莉亞和黛拉可瑪莉的刀劍切斷。

這時忽然有人發出慘叫聲。

是失去砍殺目標的絲線將一些阿爾卡士兵切成好幾塊所致。

跨越那些犧牲者，納莉亞不停往前衝。

滋噹。滋噹——在這個奏響殺意樂音的蜘蛛網中，那個桃紅色少女的美妙肢體動作看起來像是在跳舞一樣。

有那麼一瞬間，特萊梅洛的目光都被這種不應存於人世的美景吸引過去——

但那個時候她發現一件事。

「——總算抵達了，去死吧。」

納莉亞·克寧格姆已經逼至她眼前了。

特萊梅洛知道她的臉頰變得熱熱的。若是被年輕少女用筆直的目光注視，不知為何她都會不由得感到害羞。

「恕難從命。」

特萊梅洛拉動用來逃脫的第六十號。

就算特萊梅洛的戰鬥能力已經堪稱無人能及了，操控絲線仍往往會有「不利於跟人近身戰鬥」的情況發生，連她也無法從這種咒縛中逃脫。

於是她打算先跟對方拉開距離，重整旗鼓。

想到這邊，特萊梅洛正打算隨著絲線的流動離去，然而那瞬間——

「呀！」

絲線居然「噗滋」一聲斷裂了。特萊梅洛的身體在慣性力的作用下，落到地面翻滾。就連背在背上的琵琶也不曉得飛到哪去了。

「咦——？」

接著她感覺到了，知道絲線從她的手指上溜走。

周遭充斥著金色的殺意。

浮在半空中的黛拉可瑪莉讓刀劍如雨水般澆灌至拉米耶魯村，大地被「沙啦沙啦」地刨開。每當這種現象發生，《名號弦》就會「噗滋噗滋」地遭人切斷。特萊梅洛事先準備好的所有對策都被人一刀兩斷了。

「啊啊……居然有這種事……一千零八十根的《名號弦》全都……」

「是妳輸了。」

那時特萊梅洛聽見有人踏地而來的聲響。

納莉亞・克寧格姆拿著雙劍，正在瞪視這邊。

「勸妳安分一點，多說一點跟星砦有關的情報。」

「那可不行。」

特萊梅洛從懷裡拿出一把《名號弦》。只要用魔力來操控這個，或多或少能夠稍微抵抗一下吧——然而特萊梅洛的計畫再度出現破綻。

——有一股緊繃感來襲。

「？」

她那握住《名號弦》的右手手腕被某個人抓住。

感到狐疑的特萊梅洛看向自身背後。

那裡有個眼裡怒氣蒸騰的少女——站在那裡的人正是薇兒海絲。

「終於抓到妳了，也到了該算總帳的時候。」

「哎呀呀，原來是薇兒海絲——」

咳咳。

當下特萊梅洛口中忽然有血冒出。

「咦——」

紅黑色的血滴滴答答地落下。

她發出痛苦的喘息，當場癱倒下去。胃那邊有種奇妙的感覺盤據。過沒多久，灼燒般的痛楚就從腹部深處爬升。

這是——這種感覺是……

難道說——

「等等薇兒海絲！既然妳要放毒就該先講啊!?」

「妳在上風處，不會有事——來吧，特萊梅洛・帕爾克史戴拉，現在是妳承受一切因果報應的時候了。」

原來是這麼一回事啊。這個是毒藥啊？

因果報應——是因為她之前做了那麼多壞事，才會遭到這種報應是嗎？

特萊梅洛按住胸口，放眼環顧四周。

她背後有拿著暗器的薇兒海絲。眼前則是納莉亞・克寧格姆用充滿殺意的目光盯著她。在稍遠的上空處，黛拉可瑪莉・崗德森布萊德身旁有刀劍在旋轉。

毒藥已經在她身體裡蔓延開來，讓她沒辦法如願擺動自己的身軀。

剛才那場刀劍之雨似乎已經將阿爾卡的士兵都驅逐殆盡。

在場的人們全都腳軟地抬頭，仰望著金色的天空。

拉米耶魯村莊的所有人都在譴責特萊梅洛。

這裡充滿了悲傷——

「結束了。」

黛拉可瑪莉在這時舉起手。納莉亞・克寧格姆和薇兒海絲開始帶著村民去避難，接下來將會展開一場用來殺害眼前這個琵琶法師的攻擊。

看在旁人眼中，那真的像是算總帳的時刻。

然而——特萊梅洛心中的那股熱情仍在。

身為星砦的一員，為了實現滅亡人類的目的，她具備強烈的意志力。

「我這裡還有最後一根。」

特萊梅洛豎起右手的食指。

在第一節關節附近，纏繞著微微閃動光芒的《名號弦》。

「這是我手邊僅存的蜘蛛絲，就讓我用這個了結妳吧——」

叮——！

她的救命絲線在瞬間遭人切斷。剎那之後，一把金色的刀劍插到萊梅洛背後的瓦礫上。看來對方並沒有對她多加憐憫——

「死心吧。」

「——呵呵，我是不會放棄的。」

只不過——這份無情足以致命。

霎時之間，整個世界都發出嘎吱嘎吱的悲鳴聲。

那些樹木嘎吱作響，民宅紛紛開始傾斜。

村莊裡的人和阿爾卡的士兵都驚訝到停下動作，站在原處說了聲：「怎麼了!?」

「？妳做什麼——」

「還看不出來？最後一根琴弦對拉米耶魯存來說，形同是救命稻草。這個村莊早就已經被破壞了——有人切斷支撐一切的絲線，那個人就是妳。」

黛拉可瑪莉精悍的表情上出現些許的動搖色彩。

過沒多久，拉米耶魯村的地面上就出現好幾道裂痕。

伴隨著毀滅式的巨大聲響，大地向下塌陷。堤防似乎也遭到破壞，從河川那邊滿出來的水像是一條龍在作亂，各處都有大洪水來襲。

村民和士兵全都被瓦礫吞沒，遭到洪流沖走，現場天搖地動，為這場慘劇拉開序幕。

特萊梅洛鞭策早已中毒的身軀，縱身一躍。

她站到相較之下較少受到損害的瓦片屋頂邊邊上，「嘿咻」一聲重新背好琵琶。

拉米耶魯村的大地早就已經先被《名號弦》分解成好幾個區塊。

但都沒有任何人發現，理由很簡單——就是她再度用《名號弦》將這些區塊接回去。若是將聯繫各個區塊的絲線切斷，最終一定會招致破滅。

「看吧，黛拉可瑪莉小姐。妳還在對付我，不好意思在這種時候打擾了，但妳現在還有那個閒工夫嗎？眾生的寶貴性命正逐漸流失喔。」

「…………」

原本飄浮在半空中的黛拉可瑪莉愣了一下，動作有瞬間停擺。

可是她很快振作起來。

金色的魔力拖出長長的軌跡，她的速度快到像星星一樣，開始在村莊裡來回穿梭。

特萊梅洛這時從袈裟內側取出短刀。

要找破綻，眼下多得是。

☆

身上那種無敵的感覺變得越來越淡薄。

由於我開始變得焦躁的關係，越來越無法做出冷靜的判斷。

在村莊裡面四處飛翔，那幾乎是我下意識中做出的舉動。眼下有許許多多的人都被洪水沖走。我趕緊來到他們身邊，拉住他們的手，帶他們到安全的地方。當我重複做這種動作好幾次之後，心中也萌生出絕望的苗芽。

光靠我一個人，根本就無力挽回。

這裡都淹水了，外加地盤下陷，房子倒塌——

需要我救助的人實在太多了。

「怎麼會、這樣……」

薇兒、艾絲蒂爾、柯蕾特、納莉亞——不曉得那些夥伴是否平安無事。在這邊沒辦法看清楚，我感到心慌。但不管怎麼說，我都必須先展開行動，用來幫助那些正在遭受苦難的人……

「！」

不經意地，我看見一個嬌小的孩子正抓住樹木。

他在激流中載浮載沉，就快要被沖向地底。

我沒空去瞻前顧後，身體先有了行動。身上揮灑著金色的魔力，用堪比燕子的速度緊急迫降。

「唔。」

但我的側腹部那邊突然感受到一陣衝擊。

身上的魔力流失，絕望感排山倒海而來。有一把不知來自何方的短刀射過來，刺中我的腹部。

這下我連飛都飛不了。

【孤紅之恤】遭他人強制解除，我就此墜向地面，呈現螺旋狀下墜。

背後用力撞了一下，連意識都差點中斷。我不是掉在洪水和土石流的漩渦中，而是掉在稍微高出一點的位置上，這算是不幸中的大幸吧——可是我現在身體痛到連那些都懶得去管了。

小刀在我身上砍出傷口，鮮血不停流出。

即便如此，我還是咬緊牙關忍住。

因為在這個村莊裡，有很多人現在都比我更難受——

「——夠頑強，不愧是星砦的仇敵。」

是在前方。

我上氣不接下氣地抬起臉龐。

特萊梅洛・帕爾克史戴拉右手握住小刀，人就站在那裡。

她臉上有著看似害羞的笑容，朝我這邊緩緩踏出一步。應該是想給我致命一擊吧。

「妳……應該已經中了、薇兒放的、毒藥……」

「都治好了。因為那種毒藥的毒害對象並不是專門針對『靈音種』。」

這些話我都聽不懂，但事實上特萊梅洛好像真的康復了。

我想要試圖逃跑，意圖將身體撐起來。

可是肌肉都使不上力，我又當場倒了回去。

頭腦變得朦朦朧朧的，身上的痛覺開始變得遲鈍起來。我被刺中過好幾次，但這次刺到的部位似乎不太妙——

「來吧，接下來是愉快的時光。」

滋噹。滋噹。在拉米耶魯村裡，響起了彈奏琵琶的聲音。

特萊梅洛踩著恍惚的步伐靠近。

「尼爾桑彼卿留下的遺憾，就讓我來洗刷吧。」

啊啊，我是不是會就此被人殺掉。

正當我有了這個想法，快要放棄時——

「——可瑪莉大小姐!!」

在模糊視線的另一頭，有著青色頭髮的少女朝我接近。

☆

在柯蕾特的支撐下，薇兒海絲拖著身體前進。

剛才發生土石崩落時，為了庇護柯蕾特，她的右腳腳踝被東西用力打到。

但現在可沒空讓她為腳痛癱倒。拉米耶魯村遭沙土和濁流破壞殆盡，在微微隆起的小丘上，中間倒著讓她敬愛的主人。

「可瑪莉大小姐！」

她又哭又喊地來到可瑪莉身邊。可瑪莉倒在地上的模樣看了就讓人心痛。肚子那邊被傷到，流了大量的血，多到回天乏術的地步。

「薇兒……」

「可瑪莉大小姐，請您別說話。我這就替您止血……」

「……太好了。無論是妳還是柯蕾特……都平安無事。剛才那個孩子……還有……納莉亞、艾絲蒂爾，他們……」

薇兒感覺得到，在她背後的柯蕾特屏住了呼吸。

她緊緊握住可瑪莉的手，這把怒火令她氣到渾身發抖。

「其他人的事情根本就不重要吧！」——她都想吼出這句話了。

這個人對自己的痛苦實在太沒有自覺，必須盡快為她治療。

雖然必須那麼做——但是薇兒完全不曉得該從哪邊開始著手。

這裡並沒有魔核，沒辦法讓傷口快速癒合。

「薇兒！黛拉可瑪莉的臉色變得……」

柯蕾特發出的聲音簡直就像是在悲鳴一樣。

不知不覺間，可瑪莉已經失去了意識。

她的臉就像枯草一樣，變得好蒼白，呼吸也變得非常微弱。

這點令人察覺絕望的事實。

照這樣下去，未來將會跟薇兒透過【潘朵拉之毒】看到的一樣。

「——看來她會死去，就像睡著了一樣。如此一來，星砦的障礙就消除一個了。」

耳邊能夠聽見不懷好意的竊笑聲。

是特萊梅洛・帕爾克史戴拉，她將手放在口袋裡，佇立於兩人眼前。

柯蕾特嘴裡發出一聲「咿！」，害怕地後退。

「這、這個人果然很奇怪！妳快點帶著黛拉可瑪莉逃走！」

「可、可是，可瑪莉大小姐她……」

「命運早就已經決定了。看樣子黛拉可瑪莉小姐的旅途將會在這裡迎向終點——還有薇兒海絲，接下來就輪到妳了。」

特萊梅洛拿著小刀靠近。

她應該要戰鬥，但又不能把可瑪莉丟下不管。再說她的腳都這樣了，還有辦法作戰？不對，現在若是不快點替可瑪莉止血就糟了。可是在那段期間內，她們會被特萊梅洛殺掉。這樣一來甚至都沒辦法守護柯蕾特。到底該怎麼做——

滋噹。

「麻煩別動，我不是很擅長使用銳利物品。」

一道暗影落下。

那個殺人魔就站在她們身旁。

握住小刀的手落了下來，那動作就很像蛇一樣。

薇兒一直癱坐在地面上，渾身僵硬。可瑪莉大小姐有可能會死，這份絕望的預感將她的全身扣住，緊緊束縛著。心臟撲通撲通地跳，她還聽見柯蕾特悲痛的聲音，之前發生過的事情就好像走馬燈晃過，來回變換——

「——找到啦！妳就是星星的爪牙吧！」

這時從高空中，有道聲音籠罩而下，聽起來是那麼熟悉。

緊接著——有某個東西夾帶驚人的氣勢降落在她眼前。

連泥土都被掀飛了，周遭還揚起沙塵。柯蕾特發出一聲慘叫，人跟著翻倒，薇兒也不由得閉上眼睛，將臉轉向一旁。

她的腦子來不及反應。究竟發生什麼事了——再感受到一股危險的氣息後，薇兒不由自主地抬起臉龐。不知為何，她全身上下都顫抖不已。一股刺人的邪惡氣息在侵蝕這個世界。拉米耶魯村被更深的黑暗包覆。

薇兒好不容易才擠出顫抖的聲音。

「為什麼妳會……」

出現在這裡的人實在太讓人意外。

眼前那名少女的姿態就彷彿在庇護薇兒一般。

竟然還有這種事，那個人光用一根食指就讓特萊梅洛的短刀停下了。

柯蕾特當下目瞪口呆地發出呢喃：「這是誰……？」

特萊梅洛則是發出破碎的聲音，說了一聲：「啊啊……」，語氣裡透著恐懼。

那名少女開口說道：「真是的！」一副氣呼呼的樣子。

「居然敢把我的後院擾亂成這樣！拉米耶魯村可是常世的機要之一呀!?結果妳卻……把這裡弄得那麼亂！我是絕～～～～～～～對不會原諒妳的！」

那個吸血鬼有一頭堪比太陽的燦爛金髮，還綁成兩束馬尾。

身上的服裝很有宗教風味，因為她在不久之前都還是名為「尤里烏斯六世」的神職人員。而且那件衣服的各個角落都裝飾著像是顛倒月亮的圖案。

這個人就是絲畢卡．雷．傑米尼。

明明是逆月的頭目，卻不知為何如今用背對薇兒的姿勢站著。

「妳就是……夕星說的……」

「我是絲畢卡．雷．傑米尼啦！還有妳是哪位？」

啪鏘！——那把短刀碎裂。

特萊梅洛表現出不寒而慄的樣子，向後退了兩三步。

絲畢卡將那把刀的碎片隨手扔掉，接著一副很傻眼的樣子，向前逼近一步，嘴裡說著「我說啊——」。

「不用那麼害怕，順便把妳的名字告訴我吧？我可是做好自我介紹囉？人家都跟妳報上名號了，妳卻沒有回報名號，不覺得這樣很失禮嗎？這樣我們就沒辦法好好相處了！」

「說——說得也是。我的名字叫做特萊梅洛・帕爾克史戴拉——」

當下一顆拳頭朝著特萊梅洛的臉面揍過去。

那個琵琶法師的身體連一下都捱不住，就這樣飛走了。

她變得跟竹蜻蜓一樣，在空中旋轉了好幾次——接著發出「哐鏘!!」一聲，用力撞上位在她背後的瓦礫堆。

緊接著便是一陣煙霧瀰漫。這情況實在太讓人莫名其妙，害人腦筋都快打結了。就連人在薇兒身旁的柯蕾特也混亂到眼球咕嚕轉。

「——啊哈哈哈哈！妳中計囉！我怎麼可能想跟妳打好關係。」

絲畢卡在那時從懷中拿出糖果，再張嘴含住。

然後踩著像在花田裡散步的穩健步伐，走到特萊梅洛身邊去。

她在那陣沙塵中軟軟地癱著，絲畢卡抓住特萊梅洛胸前的衣裳，使勁將她提起來。言談之間說話的語氣顯得冷冽，彷彿吹在月球表面上的風，並用那樣的音色問話。

「來吧，告訴我夕星在哪。」

「這……這……我是不可能說的……」

「這麼想被殺掉？」

「我真的不曉得。因為在當護衛的人是『柩人』納法狄・斯特羅貝里。」

「那妳說的那個傢伙在哪？」

「我現在回想。我會想起來的，請先等等……」

看在旁人眼中，會覺得特萊梅洛沒有勝算。

絲畢卡散發出來的氣勢就彷彿隨時會將她絞殺，對琵琶法師狠聲質問。

她的目的是什麼？是來拯救她們的嗎？明明之前雙方一直處於敵對狀態？再說她怎麼會來這裡？——薇兒腦子裡有疑問在攪動，但她就連動一下都辦不到。

「——我想起來了，我的口袋裡面放了寫有那個人居住地址的紙張。」

「是嗎？那就告訴我吧。」

「好的，就在這裡。」

特萊梅洛將手從口袋中拿出來。但是她手上的東西並不是紙張——而是一個大小和棒球賽用球差不多大的黑色珠子。

「！妳——」

「再見了，今天雙方算是平分秋色。」

特萊梅洛將那顆黑色的珠子砸向地面。

「砰!!」的一聲——突然有一股紫色的煙霧擴散開來。

緊接著就是一陣「滋噹、滋噹」——那是不知從哪傳來的琴弦彈奏聲。

絲華卡口中「咳咳」地咳嗽。像是要將那些瀰漫開的煙霧衝破，特萊梅洛的身體高速飛往天空彼端。原來那個少女還保有用來逃脫用的絲線——令人感到愕然的同時，那個琵琶法師的身影也消失在山巒之後，看都看不見了。

最後這些煙霧逐漸被風吹散。

現場就只剩下從琵琶法師口中流出來的幾滴血。

絲華卡手裡拿著紅色的糖果左搖右擺，口中吐出嘆息。

「什麼啊!?居然用煙霧彈，太卑鄙了吧!?是不是啊，薇兒海絲。」

「咦……………」

對方突然這樣跟自己說話，令薇兒心頭一驚。

絲畢卡・雷・傑米尼——這個「弒神之惡」轉了一圈回過身，臉上笑咪咪的，朝著她靠了過來。

過度恐懼導致薇兒手腳都在顫抖，但是她必須拿出勇氣才行，一定要守護可瑪莉——下定決心後，她從懷裡取出暗器。

「怎麼了?我看起來像是敵人嗎?」

「…………!」

「猜對了喔！若是以為我是來拯救妳的性命，那可就大錯特錯了。」

絲畢卡「嘿咻」一聲蹲下來。

薇兒看著她，納悶她想要做什麼，結果她將倒在地面上的可瑪莉整個人都給抬了起來，而且還強行將她「背到背上」。一看到可瑪莉的側腹部還在滴滴答答流血，薇兒就憤怒到都快氣紅眼了。

「好輕啊，她還是個孩子。」

「這……這是在做什麼！快點放開可瑪莉大小姐！」

雖然她想要抓住對方，卻因為腳痛的關係栽倒。

而且臉先朝向地面砸去，滑倒後全身都變得泥濘不堪。就算薇兒想要站起來，疼痛和疲勞感也令她的身體不聽使喚。

「放心吧！我現在不會殺了她——【孤紅之恤】可以拿來當成殺掉『星砦』的道具。」

「絲畢卡・雷・傑米尼……妳……」

「妳就跟那邊那個『童年玩伴』一起跪在地上爬就好了。我的夥伴正在救助那些村民。還有納莉亞・克寧格姆跟看起來很認真的紅褐色女孩都沒事。再說姆爾納特的軍隊應該也差不多要到了，只要妳們乖乖待在這裡就不會死。」

「居然擅自做出這種事情……不可原諒……快點把可瑪莉大小姐……放下

來……」

「放下來就會死掉喔？這樣也無所謂？」

這下薇兒詞窮了。

薇兒沒有足以拯救她的手段。

「妳就乖乖屈服於那份無力感，自顧自垂頭喪氣吧！這個黛拉可瑪莉，我會善加利用的。」

「等……等等……！」

絲畢卡對她的話充耳不聞。

薇兒和柯蕾特已經動不了了，她從這兩人身旁經過，邊哼著歌邊朝村莊的出口走去。雖然薇兒全身都在用力，不願意放對方逃跑，可是她卻被泥濘的地面絆倒，再度跌了一跤。她的體力都已經用盡了。

「可瑪莉大小姐……」

身為女僕，她早就發誓無論何時都要待在可瑪莉身邊。

已經下定決心要在她征服世界的時候，成為她的左右手。

然而——她萬萬沒想到會早早面臨這樣的結局。

最主要的是這一切都來得太莫名其妙。

為什麼絲畢卡會出現在這？為什麼可瑪莉會被迫落入敵人之手？

這樣一切根本就亂了套——

就在那個時候，柯蕾特語調發顫，用震驚的語氣說了一句話。

「賢者大人……？」

「咦？」

或許是自己聽錯了。

薇兒都還沒來得及提問，柯蕾特就搖頭說：「不行的。」

「妳追過去也沒用……那種對手，妳不可能戰勝……」

「…………」

拉米耶魯村陷入毀滅狀態。

可是——洪水已經在不知不覺間消失，大地似乎也沒有繼續下沉的跡象了。

邪惡的氣息散去，平穩的光芒從雲朵縫隙間照射下來。遠處傳來軍隊踩踏出的踢步聲，可能是姆爾納特的士兵抵達了。

但這一點安慰作用都沒有。

薇兒呆呆地看著主人越離越遠的背影，但她卻無計可施，因此咬牙切齒。

[5.5] 霹靂

常世的戰亂情況混亂至極。

一段故事也就此圍繞著壯絕的「願望」展開。

因為各方勢力都有不可退讓的堅持，這場戰爭才永無止息。人們會去傷害他人，被他人傷害，或者是互相殺害，這場悲喜交加的戰爭形成連鎖效應。

停戰的關鍵將會是平淡無奇的「同理心」。

然而若要等到人們想起此事，等待那樣的日子到來，或許還要再等很久很久。

☆

這裡是常世的白極帝國——

在宮殿的廣場中，出現一個奇妙的團體。就很像透過【轉移】魔法來的，出現得很唐突——可是這個世界並不存在魔法這種概念。有些衛兵正在執行巡邏任務，一看到這些人突如其來現身，他們被搞得一頭霧水，嚇到連腰都直不起來。

這些人的人數大約有二十人。

無論是種族、年齡和性別，全都是各形各色，欠缺一致性。

可是他們身上都寄宿著一股意志。那就是無論如何都要把「走失的夥伴」找回來，正是那股堅定的意志——

「——這裡就是常世啊？跟我們那邊沒什麼不同，天空很藍呢。」

「叮鈴」一聲，有鈴鐺的聲音響起。

站在這一群人最前面的，是穿著和服的少女天津·迦流羅，她用冷靜的聲音輕語著。

「那我們立刻展開行動吧，首先要探查周圍的狀況。」

「嗯，不曉得黛拉可瑪莉老師現在怎樣了……」

她身旁有一名身上穿著忍者裝束的少女，這位峰永小春帶著不安的表情站在那裡。

迦流羅則是說了一句：「她不會有事的。」像是要給予對方勇氣，臉上浮現微笑。

「可瑪莉小姐是一位很強大的人，她一定沒事的。小春妳不也這樣說嗎？」

「我是在擔心沒辦法看小說的後續。」

「妳這是擔心到哪裡去了啊……」

小春當下一臉認真地回應：「開玩笑的。」

眼見她那雙小小的手正在顫抖，迦流羅心想她一定也很緊張吧。這也不能怪她——雖然迦流羅反射性說了一句沒問題，但又有誰能保證一定沒問題。

「迦流羅小姐，我們趕快出發吧。」

「這麼說也對——咿!?」

站在迦流羅身旁的人，還有佐久奈・梅墨瓦七紅天大將軍。她這個人非常喜歡可瑪莉，之前還當過恐怖分子，是超級美少女。

一看到她的雙眼混濁到令人恐懼的地步，迦流羅就不由得表現出退縮反應。

那是會殺人的人才會有的眼神——她如此心想。

「可瑪莉小姐一定很困擾，我必須去幫助她。」

「好、好的！那我們先來擬定方針吧！先找個能夠讓我們靜下心來的地方——」

「原本那天還預計要跟可瑪莉小姐一起開點心派對，說好要跟她一起聊天聊到天亮。事情怎麼會變成這樣呢？為什麼神明大人要對可瑪莉小姐做出那麼過分的事情？不可原諒，不可原諒，我必須去可瑪莉小姐身邊。」

「小春快救救我～～～!!佐久奈小姐開始變得很奇怪了!!」

「她原本就很奇怪。」

「哈哈哈……是想要妨礙我吧？敢妨礙我的人，我都要懲罰他們。要把他們冰住，挖空他們的記憶。」

「佐久奈小姐，請妳冷靜一點！妳到底是在跟誰說話…………嗯？」

那時她忽然感覺到有人的氣息，於是迦流羅的視線就朝向前方。

前方聚集了一大堆身上穿著盔甲的士兵。無論怎麼看都不覺得這些人身上的氣息有多友好。一身緊繃的殺氣和緊張感逐漸充斥這整座冰寒的宮殿。

「……請問——你們是誰？」

「我們算是非法入侵者。就算對方用武力擊退我們，我們也不能有怨言。」

那不就糟透了。

迦流羅嚇了一跳，重新面向那些士兵。

「那、那個！我們可不是可疑人物！應該要先談談——」

「這樣太麻煩了，我直接把他們全部滅了。」

「求求妳了，真的要請妳先等等!!這裡應該沒有魔核吧!?若是受傷就糟糕了啊!?」

「請放開我！我必須趕往可瑪莉小姐身邊……！」

「這我都明白，我都知道，拜託妳先把魔杖收起來，現在立刻！因為那樣會引發戰爭!!小春妳也不要拿著忍者暗器，拜託先冷靜一點！」

佐久奈正要衝過去，迦流羅趕緊從她背後架住她。

前途可謂多災多難。在找到可瑪莉之前，她們就有可能會先死翹翹。

總而言之言而總之，這支搜索隊就此展開行動。

☆

常世的景色，從各處來看全都變得很不一樣了。

跟我心中冀盼的烏托邦還差得很遠。眼下天空是紅的，處處都在上演形同悲劇的戰爭。這裡充斥著悲傷凝聚而成的能量。感覺光只是稍微呼吸一下，喉嚨都會因此感到刺痛。

導致這種狀況發生的元凶，很明顯是他們。

——「星砦」。

若是不阻止那幫人，一切就無法重新開始。

只要能夠阻止那些人，不管使出怎樣的手段都在所不惜。

我轉過身回到某間房子裡。有一個算是很莫名其妙的國家，名字叫做多馬爾共和國，而這一個不知名的村落，正是被該國軍隊毀掉的，我現在就待在這裡的土壁倉庫中。

在房間的中央，放著一張做工粗糙的床鋪。

有個少女像是快要哭出來的樣子，一直待在床邊不肯離去。

「——黛拉可瑪莉的情況如何？愛蘭翎子。」

那名少女——愛蘭翎子在那時回過神，並轉頭張望。

她有一頭綠色的頭髮，身上穿著輕飄飄的衣服，樣子很像孔雀。

「……先、先——」

那時翎子支支吾吾地回話。

她似乎很怕自己。這世上明明就找不到其他像我這麼心胸寬大的吸血鬼。

「這、這是【先王之導】……第一次、使用在魔核以外的地方……可是、我在想……這樣應該能救得了她……只是……這也只能當成一種急救措施……若是我沒有一直握住她的手，【先王之導】就會中斷……」

「妳的工作就是做好這種急救措施。只要在柯尼沃斯到達之前，能撐住就好——哦，她的臉色好像變好了嘛。」

烈核解放是源自於心靈的力量。

翎子心中的意念是「想要拯救黛拉可瑪莉」，因此才會對世界造成干涉吧。

我從口袋裡拿出血液做成的糖果，不經意眺望起黛拉可瑪莉的睡臉。

她是有可能改變這個世界的稀世大英雄。

當我像這樣仔細觀察她後，會發現她實在太過嬌小。

對於一個已經活六百年的人來說，簡直就跟小嬰兒沒兩樣——可是在那具身體裡蘊含的意志力和善心，已經強大到足以跟我相提並論。

「黛拉可瑪莉，妳好不容易才得救，可千萬別死了。」

我說完不禁面露笑容。

當我向下看著那個嬌小的吸血姬，看著她的睡臉，口中亦靜靜地發話。

「妳也很想改變世界對吧？不能原諒星砦不是嗎？既然這樣——妳就趕快將身上的傷治好，來利用我吧！絲畢卡・雷・傑米尼很歡迎黛拉可瑪莉・崗德森布萊德加入！」

後記

受到各位關照了，我是小林湖底。

這是第八集。

被傳送到另外一個世界的可瑪莉一行人，將會面臨怎樣的命運……!?

內容大致上是這種感覺。說真的，如果突然被傳送到另外一個世界，會很困擾吧……我也曾經有過困擾的經歷。所以說，若是各位願意在一旁照看，看著可瑪莉她們即便感到困擾依然勇往直前的樣子，實在是一份幸事。

接下來是遲來的道謝。

感謝將許多角色描繪得既可愛又鮮麗的りいちゅ老師。

還有將這本書的樣式設計得美輪美奐，很有家裡蹲吸血姬風格的柊椋大人。

在各處給了許多建議的杉浦よてん大人。

另外還有跟本書發行、販售有關的諸多工作人員。

以及將這本書拿在手裡的各位讀者們。

我要對你們所有人致上深厚的謝意，謝謝你們！

第九集的舞臺依然是在常世。

希望大家能夠繼續支持下去。

（這次也要借用這個機會做宣傳……）

在《月刊 BIG GANGAN》上，りいちゅ老師繪製的《家裡蹲吸血姬的鬱悶》漫畫版正在連載中！當我在寫這段後記的時候，我也已經拜讀到第四話了，不管是哪一話，都是充滿可瑪莉的超棒漫畫版。就連第七部隊都變得活靈活現，看起來很有趣，連我這個負責寫原作書籍的人都不小心看到笑出來。聽說還能夠在官方網站上試閱，請各位務必多多關照！

小林湖底

國家圖書館出版品預行編目資料

家裡蹲吸血姬的鬱悶 / 小林湖底作；楊佳慧譯. --
1版. -- 臺北市：城邦文化事業股份有限公司尖
端出版：英屬蓋曼群島商家庭傳媒股份有限公
司城邦分公司發行, 2023.11-
　　冊；　　公分
譯自：ひきこまり吸血姬の悶々
ISBN 978-626-377-097-3（第8冊：平裝）

861.57　　　　　　　　　　　　　　　112013900

浮文字

家裡蹲吸血姬的鬱悶 8
（原名：ひきこまり吸血姬の悶々 8）

著　　者／小林湖底　　繪　　者／りいちゅ
執　行　長／陳君平　　美術總監／沙雲佩
榮譽發行人／黃鎮隆　　美術編輯／陳姿學
協　　理／洪琇菁　　執行編輯／石書豪

出　　版／城邦文化事業股份有限公司 尖端出版
　　　　　台北市中山區民生東路二段一四一號十樓
　　　　　電話：（〇二）二五〇〇－七六〇〇
　　　　　傳真：（〇二）二五〇〇－二六八三
　　　　　E-mail：7novels@mail2.spp.com.tw

發　　行／英屬蓋曼群島商家庭傳媒股份有限公司城邦分公司 尖端出版
　　　　　台北市中山區民生東路二段一四一號十樓
　　　　　電話：（〇二）二五〇〇－七六〇〇（代表號）
　　　　　傳真：（〇二）二五〇〇－一九七九

　　　　　　　　　　　劃撥專線：（〇三）三一二－四二一二
　　　　　　　　　　　劃撥帳號：五〇〇〇三〇二一 城邦文化事業股份有限公司
　　　　　　　　　　　※劃撥金額未滿500元，請加附掛號郵資50元※

中彰投以北經銷／楨彥有限公司（含宜花東）
　　　　　電話：（〇二）八九一九－三三六九
　　　　　傳真：（〇二）八九一四－五五二四
雲嘉經銷／智豐圖書有限公司
　　　　　（嘉義公司）
　　　　　電話：（〇五）二三三－三八五二
　　　　　傳真：（〇五）二三三－三八六三
南部經銷／智豐圖書有限公司
　　　　　（高雄公司）
　　　　　電話：（〇七）三七三－〇〇七九
　　　　　傳真：（〇七）三七三－〇〇八七
香港經銷／一代匯集
　　　　　香港九龍旺角塘尾道六十四號龍駒企業大廈十樓B&D室
　　　　　電話：（八五二）二七八三－八一〇二
　　　　　傳真：（八五二）二三九六－〇五〇
新馬經銷／城邦（馬新）出版集團 Cite (M) Sdn. Bhd.
　　　　　E-mail：cite@cite.com.my

法律顧問／王子文律師 元禾法律事務所
　　　　　台北市羅斯福路三段三十七號十五樓

二〇二三年十一月一版一刷
二〇二四年一月一版二刷

譯　　者／楊佳慧
國際版權／黃令歡・高子甯・賴瑜妗
文字校對／施亞蒨
內文排版／謝青秀

郵購注意事項：
1.填妥劃撥單資料：帳號：50003021戶名：英屬蓋曼群島商家庭傳
媒（股）公司城邦分公司。2.通信欄內註明訂購書名與冊數。3.劃撥金
額低於500元，請加附掛號郵資50元。如劃撥日起 10～14日，仍未
收到書時，請洽劃撥組。劃撥專線TEL：(03)312-4212 ・ FAX：
(03)322-4621。E-mail：marketing@spp.com.tw